# Sabahs ware gezicht

**4 e v e r**

Lees alle boeken van

**4 e v e r**

Lydia Rood • www.lydiarood.nl
*Sammy of Samir?*
*Sabahs ware gezicht*

Hans Kuyper • www.hanskuyper.nl
*Dag lieve, lieve Marit*
*Knokken voor Cas*

Anneke Scholtens • www.annekescholtens.nl
*Laura's eiland*
*Last van liefde*

Judith Eiselin • www.juditheiselin.nl
*De echte Floor*
*Floors brieven*

www.4ever4you.nl

# Lydia Rood

# Sabahs ware gezicht

Leopold / Amsterdam

Eerste druk 2006
© 2006 tekst: Lydia Rood
Omslagfoto/illustratie: Joyce van Oorschot
Omslagontwerp: Rob Galema
Uitgeverij Leopold, Amsterdam / www.leopold.nl
ISBN 90 258 5012 X / NUR 284

# Inhoud

# Even nennen

Sabah zette de muziek harder om de ruzie in de woonkamer niet te horen. Ze deed of ze huiswerk maakte, maar
dat ging helemaal niet met die harde muziek, dus krab-
belde ze maar wat op haar multoblaadje. Gek, als je probeerde iets niet te horen, hoorde je het júíst. Dwars door de
muziek heen kon ze letterlijk verstaan wat haar vader
tegen haar moeder snauwde en wat haar moeder terug
snerpte. Haar moeders stem werd altijd hoger als ze boos
was. Hoog en met een scheur erin. Lelijk.

Het ging deze keer niet over haar. De ruzies over Sabah
waren de gezellige ruzies, de kom-we-hebben-toch-even-
niks-anders-te-doen-ruzies. Het waren de ruzies over de
onbenullige dingen die het gemeenst waren. Over de tele-
foonrekening of over de plaats waar het aanrechtdoekje
hoorde te hangen of over het wollige matje voor de wc,
over het wasmiddel dat haar vader vergeten had te kopen
of over de tijd die haar moeder had verlummeld met de
buurvrouw, in plaats van het matje in de wc eens een sopje
te geven zoals een goede huisvrouw zou doen.

En dan kwam altijd het moment dat haar moeder
schreeuwde: 'Doe het dan zelf! In plaats van elke keer
weer op het matje te pissen! Dan ga ik wel het geld verdienen! Grote kans dat ik er beter in ben dan jij!'

En daarna hoorde je een bons of het schuiven van meubels en nog een laatste, jammerende snerpgil, en dan was
de ruzie afgelopen. Dan hoorde je de schotel zoemen op
het dak boven Sabahs kamer en even later het Turkse
nieuws op televisie, en gekletter van serviesgoed in de
keuken.

Het was niet elke dag zo. Ze maakten maar eens in de twee weken zo gemeen ruzie, ongeveer. De rest van de tijd bromden ze tegen elkaar of ze zwegen of ze maakten een amusementsruzie. Of haar vader ging de deur uit en haar moeder belde met Turkije. Daar woonde Sabahs grootmoeder en die gaf Sabahs moeder altijd gelijk. Op Sabah zelf had oma trouwens van alles aan te merken, maar op een aardige manier. Zes weken lang, elke zomer, moest Sabah aanhoren dat ze dit verkeerd aanpakte en dat niet goed deed. Maar dat gaf niet. Het hoorde bij haar oma en ze bedoelde het goed.

Opeens zag Sabah met walging wat ze in de kantlijn van haar wiskundeblaadje had gezet: met hele grote wolkletters, versierd met schuine streepjes en ook nog eens met kringeltjes eromheen, had ze de naam van de jongen geschreven op wie ze verliefd was. *Samir*. Ze begon het door te krassen, maar je bleef zien wat er gestaan had. Nou moest ze al die sommen nog eens overschrijven! Want met wiskunde zat ze naast Semra en Semra kletste alles door.

En dat zou een ramp zijn. Sabah had Samir namelijk twee keer per week een uur voor zich alleen: Samir gaf haar bijles Frans. Als hij via via hoorde dat Sabah verliefd op hem was, zou hij zich schamen en een smoes zoeken om met de bijles te stoppen. En Sabah wilde die uurtjes in de mediatheek absoluut niet missen.

Het gesnerp in de woonkamer naderde zijn hoogtepunt. Sabah schoof haar stoel naar achteren en zette de muziek uit. Ze had vandaag geen zin om de bons af te wachten.

'Ik ga nog even naar Nur!' riep ze in de gang. Ze hoorden haar wel, maar ze gaven geen antwoord. Tenminste niet direct. Haar moeder knarste: 'Zie je nou wat je doet? Je jaagt mijn enige kind het huis uit met je gekanker!' Sabah vatte dat maar als toestemming op.

Nur woonde in de flat naast de hunne. Haar vader had

zijn broodjeszaak naast het winkeltje van Sabahs vader, hun moeders waren nichten en als ze tijd verlummelden, deden ze dat gezellig samen. Het was dus alleen maar logisch dat Sabah en Nur bij elkaar kropen voor hun NEN-uurtjes. (NEN betekende natuurlijk Nu Even Niet.)

Nur deed zelf open. Ze had een nieuwe trui aan, zag Sabah.

'Even nennen?' vroeg ze. 'Of ben je bezig?'

'Huiswerk. Maak ik morgenvroeg in de kantine wel af.' Nur legde haar vinger op haar lippen en ging Sabah voor naar haar kamer. Een ontzettend gezellige kamer met roze wanden en groene kleedjes en roze met groene gordijnen. Een bank die een logeerbed kon worden en een laag tafeltje met een theelichtje, waar nu zelfs een pot thee op stond. Nur maakte aanstalten om in te schenken.

'Of wil je liever icetea? Maar dan moet ik langs mijn ouders en dan vragen ze of mijn huiswerk af is.'

Sabah schudde haar hoofd.

'Doe maar thee. Hoe gaat het met Halil?'

Nur zat niet op het Rhijnvis Feithcollege, zoals Sabah. Ze zat op het vmbo en had al eeuwen met Halil, die dit jaar op het ROC begonnen was. Nurs vader en moeder wisten ervan, maar ze deden of ze het niet wisten, wat Nur en Sabah een goed teken vonden.

Nur schepte een tijdje op over haar verkering.

'En die jongen van jou, schiet dat al op?'

Sabah haalde haar schouders op.

'Hij doet heel aardig,' zei ze, 'maar hij is aardig tegen iedereen.'

'Een player?'

'Nee, nee!' zei Sabah haastig. 'Zo is Samir niet, echt niet! Hij is... Het klinkt stom, maar hij is nog een beetje jóng, geloof ik.'

'Pedo,' gniffelde Nur.

'Lelijke trui heb je aan zeg,' zei Sabah. 'Zeker een afdankertje van je zus.'

Toen Nur haar met grote verontwaardigde ogen aankeek, lachte ze.

'Grapje. Hij is heel mooi.'

'Nieuw,' knikte Nur, en toen schepte ze weer een tijdje op over kleren. Het onderwerp Samir leek afgehandeld.

Maar toen Sabah aanstalten maakte om naar huis te gaan – ze kon horen dat het thuis weer rustig was en ze wilde eigenlijk toch wel graag haar huiswerk afmaken – zei Nur: 'Niet om je te stangen, Sab, maar je weet dat het tóch niks kan worden, hè. Met een Marokkaan. Dat gaat je vader nooit pikken.'

'Alsof ik dat niet weet,' zuchtte Sabah.

Nur probeerde haar te troosten: 'Ach, misschien valt het mee. Ouders zijn onvoorspelbaar.' Dat klonk zo onecht dat het Sabah alleen maar ergerde. Maar ze liet het niet merken.

'Het is gewoon te véél, wat mijn vader wil en wat hij niet wil,' zei ze. 'Ik mag niet uit, ik mag mijn eigen kleren niet kopen... Ik moet liefst achten halen, maar als ik mijn huiswerk zit te maken, vindt hij dat ik mijn moeder moet helpen! Terwijl die zich toch al dood verveelt omdat er niet genoeg te doen is in dat flatje van ons.'

'Waarom zoekt ze geen baan dan,' zei Nur, die het antwoord wel wist. 'Mijn moeder heeft het veel te druk om zich met mij te bemoeien.'

Sabah trok haar hoofddoek recht.

'Wil je hem dood hebben?! En ik moet een braaf meisje zijn. Niet uit, niet op de fiets naar school, niet met jongens praten, niet eens naar ze kijken! Allemaal voor het geval er een Turkse ingenieur met me wil trouwen. Maar voor de zekerheid moet ik toch maar mijn diploma halen...'

'Dat is omdat je enig kind bent,' gniffelde Nur. 'Jij moet de zoon en de dochter tegelijk zijn. Wanneer laat je je snor staan? Vindt die ingenieur vast sexy.'

Sabah probeerde te lachen; Nur deed zo haar best om haar op te vrolijken.

'Nou, baba kan zijn ingenieur houden,' zei ze toen. 'Ik wil Samir of niemand.' Ze zuchtte opnieuw, dieper nu. 'Nou ja, als Samir tenminste wil.'

'Jongens,' zei Nur. 'Niet vooruit te branden, hè. Bang om op hun bek te gaan, weet je. Halil heb ik ook een handje geholpen toen. Ik heb zo goed als verkering gevraagd.'

'Denk je dat ik dat moet doen?' vroeg Sabah weifelend. 'Ik dacht dat je jongens niet moest pushen.'

'Nou, iets duidelijker zijn kan geen kwaad,' zei Nur. 'Want dat met die Franse les schiet niet op. Volgens mij neemt die gast dat veel te serieus op.'

'Ja,' zei Sabah. 'Maar dat vind ik juist zo leuk aan hem.'

'Hij klinkt toch een beetje... niet boos worden, hoor... een beetje sááí.'

Voor de derde keer zuchtte Sabah.

'Misschien.' Ze wilde Samir niet afvallen. Maar als Nur eenmaal iets in haar kop had... Sabah had geen zin in een discussie met Samir als onderwerp.

'Als je het niet erg vindt,' zei ze, 'ga ik nou maar, want ik moet mijn wiskunde nog overschrijven.'

'Je bent zelf veel te serieus.'

'Weet ik,' zei Sabah. Ze fronste terwijl ze daarover nadacht. Nur sprong naar de muur en haalde de spiegel eraf. Een leuke, met allemaal groene en paarse stukjes glas in de rand.

'Kijk jezelf nou,' grinnikte Nur. 'Je krijgt rimpels van dat gepieker hoor!'

Sabah lachte maar mee.

'Morgen winkelen?'

'Kan niet,' zei Sabah. 'Bijles.'
'Sufkont,' zei Nur.

Maar Nur had makkelijk praten. Bij de familie Günes vielen er geen meubels om en werd er niet gegild. Nurs ouders hadden een modelhuwelijk. Er was bovendien geld genoeg voor leuke kleren en extraatjes. Nurs moeder werkte drie dagen in de week in een bejaardenhuis, daar kwam het van. Nur kón uit winkelen, ze kreeg zakgeld zat. Bij Nur thuis spraken ze Nederlands en Nur noemde haar ouders papa en mama, niet *baba* en *anne*, op z'n Turks. Het zat er dik in dat Nur haar eigen man mocht kiezen. De familie Günes was modérner. Nurs oudere zus had alle ruzies al gevoerd en Nur werd verwend.

Sabah was, als enig kind, het enige mikpunt. Zowel haar vader als haar moeder zat de hele tijd met argusogen op haar te letten. En dan werd ze ook nog spuugmisselijk van die ontevreden gezichten. Vitten was de gezinshobby, en als haar vader en moeder eindelijk klaar waren met elkaar, leefden ze zich uit op Sabah.

Gelukkig was het morgen dinsdag. Dan zag ze Samir weer. *Samir, Samir, Samir, Samir!* Ze danste op het ritme over de galerij naar haar eigen voordeur. Over de daken heen keek ze naar het zuiden, waar hij woonde, ergens over het spoor. Zou hij nou ook naar buiten kijken en aan haar denken?

Weet je wat: ze zou het dóén. Ze zou hem het duwtje geven dat hij volgens Nur nodig had.

Ze werd al zenuwachtig bij het idee.

# Roddels

Dinsdagochtend op school gebeurden er twee ongelooflij- ke dingen. Iets geweldigs, en iets vreemds.

Het geweldige was dat Samir naar haar zwaaide. Zomaar, vanaf de andere kant van het schoolplein, toen ze uit de bus stapte en het hek door kwam. Hij zwaaide ter- wijl al zijn vrienden het konden zien! Naar háár!

Sabah begon haar hand op te steken, en toen liet ze hem weer zakken. Het stond een beetje raar om zomaar terug te zwaaien – toch? Ze glimlachte maar en hoopte dat hij het van die afstand kon zien.

Samir! Zwaaide! Naar haar! En dat terwijl ze van haar moeder haar winterjas aan had moeten trekken en ze ook nog die stomme bruine hoofddoek om had – er had geen andere gestreken in de kast gelegen. Samir had gezwaaid!

Dinsdag was voortaan haar lievelingsdag. Haar geluks- dag. Ze zou alleen op dinsdag proberen een badpak te kopen. Ze zou elke dinsdag haar mooiste, nieuwste, cool- ste kleren aandoen. Solliciteren later – ook alleen op dins- dag. Ze zou op een dinsdag trouwen.

Haar gezicht betrok. Trouwen – ze zag meteen de slun- gelige ingenieur voor zich die haar vader voor haar zou uitzoeken. Of een rijschoolhouder met een buikje. Blech! Ze stak alsnog haar hand op om uitbundig te zwaaien. Maar toen keek Samir natuurlijk al een andere kant op en Sabah schaamde zich een ongeluk.

Het vreemde gebeurde in de pauze. Er drentelde iemand in de kantine rond die ze niet kende. Een jonge vrouw, bijna een meisje nog, met een zware tas aan haar schouder en een microfoon in haar handen. Ze liep zoekend rond, totdat ze Sabah in het oog kreeg, die op weg was naar Semra die een plekje voor haar vrijhield aan hun vaste tafeltje. Toen stevende ze recht op Sabah af, microfoon in de aanslag.

'Mag ik jou iets vragen? Ik ben (onverstaanbaar) van de RRB, Radio Regio Broeklanden. Heb je even tijd?'

'Eh...' stamelde Sabah. 'Best.' Uit haar ooghoek zag ze dat Semra verbaasd toekeek.

'We maken een reportage over jongeren en religie. Ben jij – hoe heet je?'

'Sabah.' Ze aarzelde of ze haar achternaam zou zeggen, maar het radiomeisje nam kennelijk genoegen met haar voornaam, want ze draaide aan een knopje van het apparaatje en hield de microfoon onder haar mond. Sabah moest zeggen in welke klas ze zat.

'Ben jij gelovig, Sabah?' vroeg de verslaggeefster.

'Eh, ja, natuurlijk,' zei Sabah verbaasd.

'Ik zie dat je een hoofddoek draagt. Is dat iets wat je uit overtuiging doet? Of omdat het van je verwacht wordt?'

'Eh...' zei Sabah weer.

'Neem rustig de tijd,' zei de verslaggeefster, 'die eh'tjes en o'tjes halen we er bij de montage wel uit.'

'Allebei, denk ik,' zei Sabah. 'Mijn vader heeft het graag en het hoort er nou eenmaal bij.'

'Bij het geloof? Is het mogelijk te geloven zonder hoofddoek, denk je?'

'Het staat in de Koran,' zei Sabah. 'Een vrouw hoort haar sieraad te verbergen. Dat zijn de mooie dingen van je lichaam. Het is het woord van God.'

'Heb je de Koran gelezen?' vroeg het meisje.

'Dat niet,' zei Sabah.

'Je hebt ook prachtige ogen. Moet je die niet verbergen dan?'

'Eh...' zei Sabah weer. In verwarring staarde ze de verslaggeefster aan.

'Sorry, flauw. Ander onderwerp. Wat wil je later worden?'

'Tolk,' zei Sabah. Dat had ze nog nooit aan iemand verteld. Het was de reden dat ze Samir had gevraagd om haar te helpen met Frans. Maar zelfs Samir wist het niet.

'Als nou blijkt dat je, om een baan te krijgen die je graag wilt, geen hoofddoek mag dragen, wat kies je dan?'

'Een baan die ik echt graag wil?' vroeg Sabah, om tijd te winnen.

'Ja?'

'Dan eh... dan kies ik toch voor de hoofddoek, geloof ik,' zei Sabah. 'Je wilt geen ruzie met je familie om een baan.'

'Nee?' vroeg het meisje.

Sabah keek haar aan. De verslaggeefster keek terug. Het was een vreemde blik: neutraal en toch aanmoedigend. Doordringend en toch vriendelijk. Een blik die je uitnodigde eerlijk te zijn.

'Nou, misschien tóch,' zei Sabah eindelijk. 'Die hoofddoek is eigenlijk iets van mijn vader. Later moet ik er misschien zelf nog eens over nadenken.'

Er lichtte iets op in de ogen van de jonge vrouw.

'Maar je zou wel blijven geloven?'

'Natuurlijk,' zei Sabah.

'Dus dan heeft die hoofddoek toch meer te maken met je familie dan met het geloof?'

Sabah schudde haar hoofd.

'Ik zie het verschil niet,' zei ze. 'Familie, geloof – ik zie het verschil eigenlijk niet.'

'Geweldig,' zei de verslaggeefster. Met de hand waarin ze de microfoon hield, frummelde ze weer aan de knopjes. 'Dat was echt geweldig. Ik ga het hele stukje gebruiken. Mag ik misschien je telefoonnummer of een adres waar ik je kan bereiken? Ik zou weleens een langer interview met je willen doen.'

'Met mij?' vroeg Sabah verbaasd. Wat had ze nou helemaal gezegd?

De verslaggeefster lachte.

'Ja, met jou. Misschien hoor. Ik heb ook een baas.'

Verdwaasd gaf Sabah haar hotmailadres. Haar wangen gloeiden. Semra zag die blosjes ook, toen Sabah zich even later op haar vaste plekje tussen haar vriendinnen wurmde.

'Waar ging dat over?' vroeg ze nieuwsgierig.

'Over het geloof,' zei Sabah. En toen verraste ze zichzelf: 'Of eigenlijk... Over mij.'

'Echt niet!' zei Semra jaloers.

'Geintje,' zei Sabah. Ze glimlachte naar Semra. 'Ze zochten gewoon een meisje met een hoofddoek.'

'En het is geeneens tv,' zei Semra.


Sabah had het laatste uur vrij en moest een uur in de kantine doorbrengen voor haar bijles. Ze was nog steeds nerveus. Nur had makkelijk praten met haar 'duwtje'. Hoe deed je zo iets? Bij een gewone jongen hoefde je alleen maar lief te lachen, een beetje schuin uit je ooghoeken – ze zag het de Nederlandse meisjes zo vaak doen. Maar bij Samir? Hij was zo anders.

De meisjes uit de klas waren nieuwsgierig naar hem. Ze konden hem niet plaatsen, omdat hij het tegendeel was van stoer. Hij probeerde nooit indruk te maken op een meisje.

'Volgens mij is die Samir een homo,' had Esin een keer gezegd. Maar volgens Semra kon dat niet, een moslim die homo was.

Floor, een meisje uit de vierde dat wel vaker naast hen zat, had gegrinnikt: 'Dat geloof je toch niet echt, hè?'

Ze waren er een hele poos over blijven bekvechten, en al

die tijd had Sabah met neergeslagen ogen zitten blozen.

'Hij helpt Sabah twee keer in de week met Frans,' had Esin gezegd. 'Een normale jongen zou dan toch iets proberen. Zeker met Sabah.'

'O ja?' had Floor gevraagd. 'Is Sabah zo'n slettenbak dan?'

Toen was het niet gek meer dat Sabah bloosde – ze hoorde het woord voor het eerst maar het was duidelijk wat Floor bedoelde. Gelukkig had ze niets hoeven zeggen, want Semra en Esin hadden haar eer verdedigd.

Dat de meisjes dachten dat hij een homo was, was iets wat ze Samir nóóit zou vertellen, nooit. Maar het bleef door haar hoofd spoken: zou het niet typisch iets voor haar zijn om verliefd te blijven op een jongen die helemaal niks in meisjes zag?

Daarom hoorde ze hem soms een beetje uit. Ze wist al veel van hem, omdat Samirs zusje bij Sabah op judo zat. (Die judolessen. Nog zo'n onderwerp waar haar vader en moeder graag ruzie over maakten.) Ze wist waar Samir woonde en hoeveel broers en zusjes hij had en wat zijn vader deed en zijn moeder. Ze wist ook iets echt geheims van hem, iets ergs, iets waarover ze ook nooit met hem zou praten – maar dat had ze van zijn zusje Noor, de flapuit. Het was niet iets waar ze zomaar over zou durven beginnen, maar het had Sabah nog nieuwsgieriger naar Samir gemaakt en onopvallend zat ze vaak naar hem te kijken. Toch had ze niet kunnen ontdekken of hij nou op jongens viel.

Maar vandaag was de dag. Vandaag zou ze duidelijk maken wat ze voor hem voelde. Vandaag zou ze erachter komen of hij ook op haar viel.

Ze kwamen precies tegelijk bij de ingang van de mediatheek, van verschillende kanten, en toen ze allebei tegelijk de deur open wilden maken, raakten hun handen elkaar even. Dat was al de tweede keer. De eerste keer had Sabah haar hand snel teruggetrokken, haar hart was gaan bonzen en ze had moeite moeten doen om niet te hijgen. Deze keer voelde het anders, bijna vertrouwd. Ze glimlachte naar hem.

Maar opeens draaide hij zich om.

'Luister,' zei hij. 'Volgens mij kunnen we beter niet zo vaak... Laten we maar een keer overslaan.'

*Waarom dat nou opeens?*

'Waarom?' Sabah probeerde niet te laten merken hoe boos ze was. Ze had een uur op hem zitten wachten, zenuwachtig en wel!

'Er wordt over gekletst,' zei Samir.

*Er wordt wel meer over jou gekletst, Samir Saoudi! Je zou juist blij moeten zijn met deze roddel!*

Dat zei ze natuurlijk allemaal niet. Ze ging de mediatheek binnen en liep naar hun vaste plekje. Mariska, ook uit hun klas, stond bij de balie. Was het daarom? Samir kon toch niet verliefd zijn op die... die... slettenbak?

'Ik dacht dat je het vervelend zou vinden,' zei Samir.

*Ik? Ik zou tien centimeter groeien van trots!*

Ze trok een onschuldig gezicht.

'Hoezo? De meeste meisjes weten het toch al.'

Ze lette scherp op zijn gezicht. Schrok hij? Als hij echt een homo was, zou hij zich te pletter schrikken.

Hij schrok. Shit. Hij schrok écht.

'Wat dan?' Het klonk als het gereutel van een schaap waarvan de keel werd doorgesneden.

Sabah kreeg medelijden.

'Nou, dat jij mij helpt met Frans.'

Maar hij zag er niet zo opgelucht uit als ze had verwacht.

# Slechte meisjes

Sabah staarde naar de regendruppels aan de buitenkant van de ruit. De binnenkant was beslagen. Het rook in de bus naar nat schaap. Ergens in die regen fietste Samir. Naar het strand, had hij gezegd. Die gek! Met dit weer! Ze lachte even.

Ze had het gedurfd. Ze had het duwtje gegeven. Ze was – per ongeluk – over zijn geheim begonnen, het vreselijke geheim dat ze van zijn zusje had gehoord. Noor had haar mond voorbij gepraat; geschrokken had Sabah gezegd dat Noor dat beter voor zichzelf kon houden. Dat was vlak voor de zomervakantie geweest. Sindsdien hield Sabah hem in de gaten... stel je voor dat hij het nog eens zou doen... Maar er was niets raars aan Samirs gedrag, hij praatte en lachte dit schooljaar juist meer dan vroeger. Ze had zich voorgenomen nooit te laten merken dat ze het wist. En nu had ze het er zélf uitgeflapt!

Samir had het niet ontkend. Eigenlijk had hij het zwijgend toegegeven. En toen had ze haar hand gewoon op die van hem gelegd. Alsof ze al zijn vriendinnetje was.

Zij was de enige uit de klas die het wist. Ze was de enige die hij het had vertrouwd. Niet dat hij op jongens viel, want dat was niet zo. Ze wist het nu zeker. Ze had het gevoeld toen ze hem aanraakte. Heel even had het zelfs geleken alsof hij zijn hoofd tegen haar borst wilde leggen.

Sabah lachte zachtjes. Het idee! En dat hij dan nog zo zat op het moment dat het grote licht aanging...!

Samir was natuurlijk gewoon rechtop blijven zitten en toen het licht aanging, had hij haar opeens met heel andere ogen aangekeken. Schaamde hij zich?

Ze had wel iets willen zeggen, een voorstel doen – 'Zullen we... Zal ik meegaan naar...' Maar ze was Nur niet. Verlegenheid kneep haar keel dicht. Dus was ze voor hem uit door de school gelopen, niet te snel, niet te langzaam, precies zo dat hij haar zou kunnen inhalen als hij wilde, zijn arm om haar schouder slaan, samen met haar de boze buitenwereld tegemoet gaan...

Maar hij was achter haar blijven lopen tot hij afsloeg, de fietsenkelder in. Hij had niet eens gezwaaid toen de bus vertrok.

Haar mondhoeken krulden weer op. Nou ja, ze moest niet te veel tegelijk verwachten. De eerste stap was gezet. Nou hoefde ze alleen nog maar vol te houden.

Samir had haar nodig. Alleen wist hij het nog niet.

'Wat voor geheim dan?' Nur drong aan. Sabah was meteen naar haar toe gegaan, ook al had haar moeder vinnig gevraagd waar ze zo lang gebleven was en of ze soms geen huiswerk had. Ze had het gewoon genegeerd, zoals haar vader haar moeder negeerde na een ruzie. Het voelde niet goed, het voelde niet als de gewone Sabah, maar ze had gewoon niet kunnen wachten. *Nu Even Niet!*

Sabah schudde haar hoofd. Ze kon het echt niet zeggen. Ze durfde er zelfs niet eens aan te denken. Het was té erg, te veel van hém ook.

'Ah toe nou Sab, doe niet zo flauw...' Nur keek haar aan op die speciale manier van haar, met grote, verwijtende ogen. Die blik waardoor Sabah zich schuldig voelde en alles wilde doen wat Nur vroeg. Ze begon te vertellen: 'Nou, vorige zomer, toen is hij voor het eerst naar Marokko geweest. Dat moest van zijn ouders, omdat...'

'Is hij soms uitgehuwelijkt?' Nurs ogen lachten. Ze maakte er een grapje van.

'Doe niet zo achterlijk! Nee, hij...' Toen deed Sabah haar mond met een klap dicht.

Als zij zelf zoiets had gedaan, zou ze het vreselijk vinden als iemand anders ervanaf wist. Gek, Samir leek het niet erg te vinden dat Sabah op de hoogte was. Dat zei toch wel wat... Des te meer reden om er niet met Nur over te kletsen. Omdat het Nur geen bal kon schelen wat er met Samir was gebeurd.

'Sorry,' zei Sabah. 'Ik kan het je echt niet zeggen. Dat zou net zoiets zijn als...'

'We zijn toch vriendinnen! Ik dacht dat je geen geheimen voor me had!'

'...alsof jij mij vertelde dat Halil een kleintje had of zoiets.'

'Sabah!' Nur probeerde geschokt te doen, maar ze moest eigenlijk lachen. 'Dat wéét ik toch helemaal niet!'

'Maak dat je moeder maar wijs,' zei Sabah. 'Ik trap er toevallig niet in. Dus hij heeft echt een kleintje?'

'Wat is er met jou aan de hand?' vroeg Nur, met weer van die grote nep-ogen. 'Ik vertel je die dingen juist niet omdat je... Nou, omdat je zulke dingen helemaal niet aankan. Seks en zo. Tenminste, dat dacht ik.'

'Omdat ik zo'n braaf meisje ben? Nou, begin maar met de voorlichting, want binnenkort moet ik er alles van weten. Ik wil niet afgaan als het zover is.'

'Je bent gek geworden, Sabah Kaya,' zei Nur.

Sabah knikte.

'Kan best. Dus. Wat doen Halil en jij precies?'

'Precies?' Nu was het Nur die haar hoofd schudde.

'Jawel. Precies. Details graag. Moet ik ze aan mijn moeder vragen? Of liever aan jouw moeder? Tante Meryem, kunt u me even uitleggen hoe dat moet met zo'n pik, want Nur wil het me niet vertellen?' Toen kregen ze zo de slappe lach, samen op Nurs bed, dat ze er helemaal warm en ontspannen van werden, en Nur eindelijk durfde te vertellen wat zij en Halil allemaal al met elkaar deden, en waar.

'Op de Vissersplaat dus,' zei Sabah. 'Goed dat ik dat weet.'

'Ja, en als je geen zin hebt om zo hard te werken, laat hem dan tussen je benen, dan doet hij zelf de rest. Wel papieren zakdoekjes meenemen, als je niet wilt dat je moeder het merkt.'

Sabah vond dat een beetje té, maar ze wilde het niet laten merken.

'Tussen je benen?' vroeg ze.

'Ja, hij hoeft echt niet helemaal naar binnen. Jongens voelen eigenlijk niet eens het verschil. Soms lijkt het wel of Halil denkt dat hij mij al ontmaagd heeft.'

'Dat jij nog niet zwanger bent,' zei Sabah. 'Spermatozoën kunnen zwemmen, hoor. Die zwemmen zó naar binnen. Dat zegt onze biologieleraar tenminste.'

'Spermatowatte?'

'Kikkervisjes? Zwemmende zaadcellen? Geven ze geen biologie bij jullie op school? Nee echt, kijk maar uit, Nur. Straks loop je met een dikke buik.'

'Mooi. Dan moeten ze ons wel laten trouwen,' grinnikte Nur.

'Je bent een slecht meisje,' zei Sabah.

'En jij gelukkig eindelijk ook,' zei Nur.

'Twee slechte meisjes,' zei Sabah tevreden.

Dankzij Nur was het gevoel dat ze had gekregen toen ze voor Samir uit door de donkere, lege school was gelopen, bijna verdwenen.

Er was een Sabah-ruzie aan de gang toen ze thuiskwam. Sabah bleef in de gang staan luisteren; ze hadden niet gemerkt dat ze binnen was gekomen. Ze moest zich even instellen op het Turks, want met Nur had ze zoals gewoonlijk Nederlands gepraat.

'Het enige wat je hoeft te doen,' zei haar vader, 'is het

kind opvoeden. En zelfs dat weet je nog te verpesten. Hoe haal je het in je hoofd om je enige dochter met zo'n Marokkaan om te laten gaan? Hoe háál je het in je hoofd!'

'Doe niet zo overspannen, man. Elke keer als jouw omzet weer tegenvalt, moet je het op mij afreageren. Alsof ik er wat aan kan doen dat dat kraampje dat jij een zaak noemt niet loopt!'

'Verander niet van onderwerp!' brulde haar vader. Sabah was het in stilte helemaal met hem eens. Waarom moest haar moeder nou van een gewone Sabah-ruzie een gemene ruzie maken?

'Alsof het niet altijd over hetzelfde gaat,' snerpte haar moeder. 'Naar Turkije, naar Turkije, naar Turkije – alsof dát zo goed is voor Sabah! Het gaat altijd alleen maar om jou. Naar Turkije, ja hoor! Eerst ben je hier mislukt en nou wil je zo nodig in Turkije gaan mislukken!'

'Jij vráágt er ook om!'

Sabah kneep haar ogen dicht en wachtte met opgetrokken schouders op de bons, maar er kwam niks. Ze had zich vergist: dit was tóch een gezellige ruzie. Want haar vader, die kennelijk een paar keer adem had gehaald, ging door: 'Luister nou eens voor één keer naar mij. Natuurlijk denk ik aan Sabah. Die jongen, die leert haar Frans, zeg jij. En ik zeg: het blijft een Marokkaan. Je weet hoe ze zijn. Ik zal het buiten deze muren niet hardop zeggen, maar je weet zelf hoe ze zijn: niet te vertrouwen. Doen alsof ze moslims zijn, maar intussen. Ze weten niet wat werken is, wat zweten is. Ik mag dan geen miljonair zijn, maar ik kom eerlijk aan de kost. En die knul – vroeg of laat rijdt hij in een drugs-BMW rond, zeker als hij slim is, zoals jij beweert. Dus voor zo iemand gooi jij je dochter te grabbel!'

'Vooroordelen!'snerpte haar moeders stem, maar Sabah had genoeg gehoord. Tranen stonden in haar ogen. Ze zou de kamer moeten binnengaan en keihard schreeuwen dat ze hun koppen moesten houden, dat ze Samir niet kenden, dat hij geweldig was, de beste van de klas, en dat ze van hem hield...

Maar zo was ze nou eenmaal niet. De enige daad van protest waartoe ze in staat was, de enige manier waarop ze voor Samir op durfde te komen, was keihard met de deur van haar kamer slaan.

Ze hoorden het niet eens.

Sabah had geweten dat het zou komen, en toch schrok ze toen het zover was. Haar moeder keek op van de aubergine die ze stond uit te hollen, streek een piek haar uit haar gezicht en zei: 'Ik moet eens met je praten, kind.'

Sabah deed alsof ze niet voelde hoe ernstig haar moeder keek en ging stug door met boontjes afhalen. Nu kwam het. Nu ging haar moeder haar verbieden met Samir om te gaan. Nu zou *anne* haar vertellen welke slungelige ingenieur er voor haar was uitgezocht...

Dit jaar zou ze eindexamen doen. Haar ouders hadden nog geen idee wat Sabah stiekem voor plannen had: doorstuderen, voor tolk leren. Haar vader zou tegelijk trots op haar zijn, en boos worden. Nog zo'n vrouw in zijn huis die meende dat ze het beter kon klaren in het leven dan hij!

Maar opeens kon Sabah het niet meer verdragen daar maar te zitten, braaf met een mesje en een vergiet vol sperziebonen en een pan, knietjes naast elkaar, schone roze sokken in haar slippers, gebogen hoofd... de ideale dochter. De ideale schóóndochter! Ze stond wild op en smeet het mesje in de waterpan.

'Je hoeft me niks te vertellen,' zei ze. 'Ik weet het toch allang.' Ze liep naar de deur.

'Wéét je het al?' vroeg haar moeder. Ze klonk verwonderd. 'Hoe kan dat nou? Ik heb het zelf pas net beslo...'

Sabah draaide zich om.

'Ik hóór weleens wat, ja! Ik ben niet doof. Jullie schreeuwen zo hard dat ik het zelfs bij Nur letterlijk kan verstaan. De hele flat weet het! Heel Wijk Noord weet het! Net nu ik... net nu Samir... Het is gemeen! Het is... het is racistisch!'

Toen rende ze de keuken uit. Ze gooide zich op haar bed, haar wangen lagen gloeierig tegen de deken. Nu had ze het gedaan. Nu had ze al haar kansen in één klap verspeeld. Zestien jaar het lieve meisje uitgehangen voor niks. Haar vader zou te weten komen hoe brutaal, hoe slecht Sabah zich had gedragen tegenover haar moeder. Voor één keer zou hij zijn vrouw gelijk geven. Na haar eindexamen zou ze het kunnen schudden. Opstandigheid, daar hielp maar één ding tegen. Een net, degelijk huwelijk met een keurige moslim.

Ze huilde snikkend, maar wel zo dat niemand het zou horen. Ze kroop onder de deken en trok haar knieën op. Zo was ze als kind al weggekropen voor het geruzie van haar ouders. Met haar duim in haar mond... Ze stak haar duim tussen haar lippen, maar op de een of andere manier was die te groot geworden voor haar verhemelte.

Uit de keuken klonken kookgeluiden. Een mes kletterde in de gootsteen, een pan werd op het fornuis gezet. Geruststellend. Maar niet geruststellend genoeg. Sabah schortte haar rok op en stak haar hand tussen het elastiek van haar panty. Ze legde haar vingers tegen haar onderbroek, drukte tegen haar schaamlippen. Het voelde goed. Haar vingers kropen haar slipje binnen.

Ze dacht nergens aan. Gewoon: vingers, bloedstroompjes, nattigheid, roes die heviger en heviger werd. Explosie. Ontspanning.

Ze was toch al een slecht meisje, nou, dan kon dit er nog wel bij. Ze rook aan haar vingers. Zeeachtig. Ze moest denken aan de keer dat ze in die zee-egel was getrapt toen haar tante in Turkije haar had meegenomen voor een uitstapje naar de kust... Ze stopte haar hand weer in haar onderbroek, waar het warm en veilig was.

# Geen slungelige ingenieur

Ze was bijna in slaap gevallen, toen er op haar deur werd geklopt. Sabah trok met een ruk haar hand terug; het elastiek klapte met een luide plof terug op haar buik. Ze tilde haar hoofd op. Ze voelde hoe haar wangen gloeiden. Maar dat kreeg je ook van huilen.

Haar moeder keek om de hoek van de deur.

'Mag ik binnenkomen? Nee, blijf maar liggen. Ik kan best begrijpen hoe je je voelt.'

Sabah schaamde zich verschrikkelijk. Maar ze knikte natuurlijk – wat kon ze anders doen?

'Ik wil het uitleggen,' zei haar moeder. Ze ging op de rand van het bed zitten en streek Sabah over haar haar. Sabah stopte gauw haar zeevingers onder het dek.

'Voor jou is het toch ook geen doen zo, arm kind. Weet je, verreweg de meeste echtscheidingen gaan uit van de vrouw. Je snapt toch wel hoe dat komt?'

'Ik eh... Ik weet niet waar je het over hebt,' stamelde Sabah.

'Je vader...' zei haar moeder. 'Hij blijft maar doorgaan over terugkeren naar Turkije. En helemaal sinds de laatste belastingaanslag. Ik heb hem wel honderd keer proberen uit te leggen dat hij jou dat niet kan aandoen. Maar hij is zó koppig!'

'Naar Turkije?' Sabah keek haar moeder verward aan. Dat zéí haar vader toch altijd alleen maar? In zijn woede? Dat méénde hij toch niet?

'Kijk,' zei haar moeder. Ze scheen niet door te hebben dat haar hand nog steeds in Sabahs nek lag. Sabah kreeg pijn in haar schouder van de ongemakkelijke houding.

Maar het was ook zo gek om weer te gaan liggen. Daarom schoof ze maar onder de deken uit en ging met haar rug tegen het zijige sierkussen zitten. De hand van haar moeder was weggegleden en lag nu raar op de deken. Alsof hij niet meer aan haar moeder vastzat.

Haar moeder zuchtte voor ze doorging: 'Die ruzies, daar kon ik op zich nog wel mee leven. Voor mezelf. Maar dat het ten koste van jou gaat, nee. En terug naar Turkije – je weet hoe mijn nieren eraan toe zijn. We hebben nota bene destijds een verblijfsvergunning gekregen vanwege mijn nieren, omdat ik hier beter behandeld kan worden.

En dan terug naar het dorp van zijn vader? Waar jij zou trouwen en net zo'n leven krijgen als ik? En ik zie mij nog niet twee keer per week vijftig kilometer met de bus gaan, om bij het ziekenhuis te komen. Je vader beseft dat niet zo, die heeft zo'n rooskleurig idee van het vaderland... Maar voor mij... en voor jou...'

'Dus?' vroeg Sabah onzeker. Ze had gedacht dat het allemaal om haar ging, om haar opvoeding, om haar toekomst, om haar omgang met Samir. Maar óf haar moeder draaide er met gigantische kringen omheen, óf het ging heel ergens anders over. Wat had de nieraandoening van haar moeder te maken met Samir? Of met de slungelige ingenieur?

'Dus zit er niks anders op,' zei haar moeder. 'Ik heb het er nog niet met je vader over gehad, maar mijn besluit staat vast... Ik wilde alleen eerst weten hoe jij erover denkt.'

'Maar wáárover dan!' riep Sabah uit.

'Nou,' zei haar moeder verbaasd. 'Waar we het de hele tijd al over hebben. Over de scheiding. Wat... wat lach je nou?'

'Sorry,' zei Sabah. Ze lachte, en toch liepen er tranen over haar wangen. 'Sorry *anne*, het is helemaal niet leuk maar... ik dacht dat jullie een slungelige ingenieur voor me hadden uitgezocht.'

'Een wát!' Haar moeder schudde langzaam haar hoofd. 'Trouwen? Ik dacht dat jij door wilde leren.' Toen schoot ze in de lach. 'Ik zou niet weten waar ik zo gauw een ingenieur vandaan moest halen! Kind – je hebt nog niet eens je diploma!'

Sabahs moeder was verpleegster, maar ze had niet meer gewerkt sinds Sabah was geboren. En in Nederland zou ze niet aan de bak komen – er was niet zoveel vraag naar verpleegsters die alleen Turks verstonden.

'Dus,' zei Nurcan Kaya een paar dagen later tegen Sabah, 'we zullen het wel arm krijgen. Ik kan alleen maar schoonmaken.'

'Dat... dat kan me niet schelen,' zei Sabah braaf. Het kon haar natuurlijk wél schelen. Die hele scheiding vond ze niks. Ze zou haar vader missen. Zó streng was hij nou ook weer niet. Ze miste hem nu al. Want nadat haar moeder had aangekondigd dat ze wilde scheiden, was hij zó verschrikkelijk kwaad geworden dat hij haar eerst officieel had verstoten, en daarna met een klein tasje toiletspullen de deur uit was gestormd om in de winkel te gaan slapen.

Sabah kreeg elke keer een rood hoofd als ze aan dat verstoten terugdacht. Letterlijk spugend van woede had hij, heel snel achter elkaar, drie keer gezegd dat hij haar niet meer als vrouw wilde hebben. Pas na drie keer telde het. Het was een oud islamitisch gebruik waar hij duidelijk alleen op terugviel om zijn eer te redden. Hij stond in de keuken, zijn hand geklemd om de klep van het fornuis, alsof hij houvast nodig had. Zijn ogen hadden er rooddoorlopen uitgezien. Voor de eerste keer in haar leven had Sabah medelijden met haar vader.

Maar nu was hij weg en ze zag hem alleen als ze bij hem

langsging in zijn winkeltje in het centrum. Hij verkocht wol en borduurzijde, naaigarnituren, patronen om kussenovertrekken van te maken, wandkleden met Koranteksten in gouden opdruk... En als er niets anders te doen was, naaide hij valse Lacoste-merkjes op goedkope trainingsbroeken en shirtjes. Dat was een beetje fraude, maar Sabah vond dat hij groot gelijk had. Dat stomme gedoe met die merkkleding ook. Sabahs kleren kwamen van Zeeman en C&A en ze weigerde zich daarvoor te schamen.

Ze stond in een hoekje van de winkel te wachten tot een paar klanten vertrokken zouden zijn. Haar vader was veel te beleefd, liet die wijven glimlachend uitpraten over niks. De kleur van hun gordijnen en of dit er nou beter bij zou passen of dat, of misschien toch iets anders – er kwam geen eind aan! Kaarsrecht stond Kasim Kaya het allemaal aan te horen, met knikjes van zijn hoofd die wel buiginkjes leken. En dat terwijl Sabah kon zien dat hij weer last had van zijn rug.

Zij zou later nooit een man met een winkel nemen, nooit! Altijd maar glimlachen in de hoop dat de mensen zo goed zouden zijn je armzalige spulletjes te kopen – vreselijk! Al dat geslijm voor tien cent winst! Daarom had zij een beroep gekozen waarbij mensen háár heel hard nodig zouden hebben.

Eindelijk kwam haar vader naar haar toe.

'Kom jij je zwerver van een vader eens opzoeken?' Hij zette er zijn klantenglimlachje bij op.

Sabah negeerde allebei, woorden en nepglimlach en vroeg hoe het ging. Haar vader antwoordde dat alles goed ging. Sabah vroeg wanneer hij naar Turkije zou gaan. Haar vader zei dat dat zijn tijd nodig had. Haar vader vroeg hoe het ging op school. Sabah zei dat alles prima ging.

Allemaal nep.

Opeens had Sabah er genoeg van. Ze zei: 'Ik heb mijn cijfer voor Frans opgehaald. Samir helpt me heel goed.'

'Dat is mooi,' zei haar vader eerst gedachteloos. Hij stond haar met een vage glimlach op te nemen, zijn blik dwaalde van haar hoofddoek naar haar schoenen, alsof hij elk detail uit zijn hoofd leerde.

'Samir, weet je wel? Die Marokkaanse jongen,' zei Sabah.

'O ja,' zei haar vader. 'Hoe gaat het met hem?'

Sabah stond hem met open mond aan te staren. Was hij dement geworden of zo?

Eindelijk merkte haar vader dat er iets aan de hand was. Eindelijk keek hij écht naar haar.

'Ach,' zei hij, 'je moeder had gelijk.' Hij streek met zijn hand over zijn gezicht, en toen zijn mond weer tevoorschijn kwam, was dat idiote glimlachje weg. 'Als die jongen zijn vrije tijd opoffert om jouw Frans bij te spijkeren, zal hij gerust wel deugen.' Hij legde zijn hand op haar hoofd. 'En dat ik jou kan vertrouwen, weet ik ook. Mijn lieve meisje.' Weer begon hij zo schaapachtig te kijken, bijna alsof hij verliefd op haar was! Sabah kreeg het er warm van. Deed hij maar weer normaal! Ze miste zijn gevit en gemopper – dit schaap was haar vader niet!

'Als je het niet erg vindt, ga ik maar weer eens,' zei ze. 'Ik heb nog huiswerk.'

Hij keek even teleurgesteld, maar glimlachte er gauw overheen.

'Natuurlijk,' zei hij. 'Doe jij maar goed je best, dan kom je er wel.' Hij had zijn klantenglimlach weer op. Maar toen Sabah wegliep, zag ze dat er inderdaad klanten binnen waren gekomen.

Zodra ze op straat liep, begonnen haar schouders uit zichzelf te schudden, en een rilling liep langs haar hele ruggengraat tot in haar bilnaad.

# Nederlanders wippen maar raak

Van Baal, van Nederlands, hield Sabah tegen toen ze langs zijn tafel naar buiten liep.

'Dat was een uitstekend betoog, Sabah,' zei hij. 'Ik heb ze nog niet allemaal nagekeken, maar dat van jou sprong er echt uit. Als je het ook zo doet voor het examen, zal ik trots op je zijn.'

'O,' zei Sabah. Ze glimlachte. Natuurlijk, het eindexamen. Ze dacht tegenwoordig meer aan Samir dan aan cijfers.

'Maar in de les zeg je niet veel, hè. Een van mijn stille waters.'

Sabah keek naar de vloer. Je kon niet blíjven glimlachen.

'Verlegen?' vroeg Van Baal toen op de man af. 'Of is het bescheidenheid?'

Had die man geen gevoel? Wie begon er nou over verlegenheid tegen iemand die verlegen was!

'Ik weet niet,' zei Sabah.

'Heb je al nagedacht over een vervolgopleiding?' vroeg Van Baal.

'Nog niet echt,' zei Sabah. Ze wou dat hij ophield.

'Nou, ga maar,' zei Van Baal. 'Ik wou je alleen maar even complimenteren.'

Sabah liep weg. Maar ze was nog niet bij de deur, of Van Baal begon weer.

'Aan die spreekangst valt wel iets te doen, weet je. Als ik jou was, zou ik eens gaan kijken op de debatingclub. Elke maandag in het lokaal van meneer De Haan.'

Sabah draaide zich om. Was hij gek geworden? Een beetje gaan discussiëren met allemaal vreemden?!

'Kijk maar niet zo angstig,' lachte Van Baal. 'Het is goed

volk. Er doet zelfs een klasgenoot mee. Samir. Hoe dan ook, kijk maar wat je ermee doet. Het is niet verplicht natuurlijk.'

'Dank u wel meneer!' riep Sabah, ineens uitbundig. 'Goeie tip!'

In de gang hoorde ze Van Baal nog lachen.

*Wéét hij het soms, van mij en Samir?*

Ach nee, daar kon Van Baal natuurlijk niks van weten. Maar die debatingclub, die zou ze een kans geven. Meteen aanstaande maandag.

'Gek!' zei Nur. 'Je gaat toch geen vrije middag opgeven om bij een of ander debiel praatclubje te zitten!'

'Nou...' zei Sabah aarzelend. Zoals Nur het zei klonk het inderdaad niet erg opwindend. 'Ik kan er misschien van mijn spreekangst af komen zei die leraar.'

'Wie gelooft er nou wat leraren zeggen,' zei Nur. 'En trouwens, ik vind jou helemaal niet verlegen.'

'Maar...'

'Naar wie luister je nou? Naar een vreemde vent of naar je beste vriendin?'

Sabah lachte.

'Bij jou ben ik toch ook niet verlegen, oen. Alleen bij vreemde venten.'

'Vents,' zei Nur.

'Venten. Wedden?' Ze zochten het op, in het Nederlands-Turkse woordenboek dat Sabahs vader had achtergelaten, en Sabah won een bladzijde in Nurs agenda. Dat was waar ze altijd om wedden: wie won, mocht een bladzijde vol kladderen in de agenda van de ander.

Terwijl Sabah Halil zat te tekenen, incognito met een baard tot op zijn voeten, overtuigde ze haar buurmeisje ervan dat ze echt naar de debatingclub moest, omdat Samir erop zat.

'Had dat dan meteen gezegd!' zei Nur. Ze leek een beetje boos; Sabah had geen idee waarom. Ze wist dat Nur verwachtte dat ze nu zou gaan bedelen: 'Hè, toe nou Nur, wat heb je, wat heb ik verkeerd gezegd, wat is er nou?' Maar ze deed het niet en bleef stug door kliederen met een bijna-oppe paarse stift.

Ten slotte hield Nur het niet langer uit: 'Je kunt toch wel eerlijk tegen mij zijn. Jij probeert je altijd zo heilig voor te doen. Met je huiswerk en je cijfers en je beroepenvoorlichting. Terwijl je gewoon ook maar aan één ding denkt.'

Daar moest Sabah om grinniken, en gelukkig grinnikte Nur mee.

'Jongens schijnen elke drie minuten wel een keer aan seks te denken,' zei Sabah. 'Ongeveer. Dat heb ik van Floor, een meisje bij ons op school. Ze zegt dat ze een DNA-test wil laten doen om te zien of zij genetisch soms een jongen is.'

'Huh?' zei Nur. 'Trouwens, wat kan mij die Floor schelen. Is dat een vriendin van je of zo?'

'Ze zit pas in de vierde,' zei Sabah. 'Gewoon een of ander kind dat soms aan onze tafel in de kantine zit.'

Nur kroop ineens dicht tegen Sabah aan.

'Maar mij kun je toch alles vertellen? Hoe is het nou thuis, met je moeder en je vader en zo?'

'Stil,' zei Sabah.

'Ja logisch. Maar verder?'

'Ik merk er niet veel van,' zei Sabah. 'Mijn moeder zit krantenadvertenties na te pluizen en ik hoef mijn muziek niet meer zo hard te zetten. Verder is alles zo'n beetje hetzelfde.'

'Gaan ze echt scheiden?'

'Zal wel. Ze zoeken het maar uit.'

'Vind je het niet... erg?' vroeg Nur, op een toon die vertrouwelijk moest zijn. Maar Sabah kon de gretigheid erdoorheen horen.

'Nee. Of ja. Ik weet eigenlijk niet. Allebei, denk ik.' Dat was hetzelfde antwoord dat ze het meisje van de radio had gegeven. Van haar had ze niks meer gehoord. Ze wist niet eens of het eerste vraaggesprekje al was uitgezonden. Daar was natuurlijk maar anderhalve seconde van overgebleven.

'Ik denk eigenlijk alleen maar aan Samir,' zei ze. 'Veel leuker.'

Nur sloeg haar arm om haar hals en legde haar wang tegen die van Sabah.

'Dat clubje, hè. Je moet hem niet laten merken dat het om hém is, hoor,' zei ze samenzweerderig. 'Laat hem maar denken dat je alleen van je spreekangst af wilt. Je moet hem niet te veel op zijn huid zitten. Anders voelt hij zich opgesloten.'

En Sabah begreep op dat moment precíes hoe dat voelde. Het mengsel van zweet en deodorant onder Nurs oksel was veel te dichtbij.

Al terwijl Sabah zich bedeesd voorstelde aan De Haan – een geschiedenisleraar die ze nog nooit had gehad – zag ze hem zitten. Hij was iets aan het beweren. Toen Sabah met lamme armen en benen van de zenuwen om de tafeltjes heen liep, zei Samir met nogal luide stem: 'Nederlanders wippen maar raak.'

Zodat Sabah blozend en struikelend van schrik het enig vrije plekje bereikte: naast Samir.

Hij keek haar eigenaardig aan. Alsof hij zich afvroeg of ze om hem hier zat...

Sabah dacht aan de waarschuwing van Nur. Ze deed gauw of ze opgelucht was dat er iemand was die ze kende. De achterdocht verdween uit Samirs ogen.

Nur had dus gelijk gehad. Duwtjes oké, maar ze moest hem niet opjagen.

De discussie leek intussen al begonnen te zijn. En het was afschuwelijk. Het ging alleen maar over seks. Wie er het meest neukte, Nederlanders of allochtonen, christenen of moslims of joden... Sabah zat zich van het begin tot eind te schamen. Alle anderen schenen zich op hun gemak te voelen, ze zaten te lachen en grappen te maken, maar Sabah wist echt niet waar ze kijken moest. Vooral toen de leraar haar opeens aankeek en vroeg: 'En hoe zit het met Turkse Nederlanders, Sabah? Zijn dat ook zulke konijnen?'

Sabahs keel zat op slag dicht. Ze schudde lamlendig haar hoofd. Ze had opeens niet één gedachte meer.

Maar toen, terwijl die De Haan haar nog zat aan te kijken, vriendelijk maar toch ook een beetje uitdagend, klaarde het op in haar hoofd.

'Wij praten niet over zulke dingen,' zei ze. 'Ik denk dat... Turken het helemaal niet doen.' Ze had iets heel anders willen zeggen: dat het niet respectvol was om te praten over wat er tussen een man en een vrouw gebeurde. Maar de sfeer was zo lacherig; het leek niet de bedoeling dat ze serieus antwoord gaf. Ze had het zo zacht gezegd dat alleen De Haan erom grinnikte, maar ze was blij dat ze tenminste haar mond open had durven doen. Ze keek of Samir, die intussen bij het bord stond, haar had gehoord. Maar hij maakte grappen met een lange knul uit 5 vwo, Remco. En De Haan verloor gelukkig zijn belangstelling voor haar en begon Samir te bestoken met pesterige vragen.

Terwijl het gelach toenam en het gesprek steeds minder op een debat ging lijken, vroeg Sabah zich af welke leraar het in 's hemelsnaam goed vond dat er in de klas werd gediscussieerd over het seksuele gedrag van verschillende bevolkingsgroepen! Als haar ouders dat wisten haalden ze haar meteen van school!

Het ergste was nog dat Samir het onderwerp had

bedacht. Iedereen scheen bij toerbeurt een stelling te moeten bedenken. Ze kreeg nu al de zenuwen als ze dacht aan de dag dat het haar beurt zou zijn.

Sabah merkte dat een ander meisje, net als zijzelf, onafgebroken naar Samir staarde. Als hij onverhoeds terugkeek, bloosde ze en draaide ze gauw haar hoofd om. Niet de een of andere seksbom gelukkig, een klein, spichtig kind; ze leek eerder weggelopen van de basisschool dan een leerling van het Rhijnvis Feith. Maar ze had het overduidelijk ontzettend van Samir te pakken.

Arm kind, dacht Sabah. Ineens was ze zich heel erg bewust van haar bevoorrechte positie. Een heleboel lessen samen, twee keer per week een uur knie aan knie in de mediatheek, en dan ook nog deze debatingclub. En zij, Sabah, wist dingen van Samir die niemand anders wist. Ze voelde zich wijs en volwassen als ze naar dat brugklassertje keek. En mooi. Dat kind had het figuur van een potlood. Zo'n klein kleurpotloodje voor kleuters.

Na afloop bleef Sabah te lang hangen in het lokaal – in de hoop dat Samir met haar mee zou lopen naar buiten. Daardoor miste ze net de bus. Een half uur wachten in die doordringende waterkou!

Toen Sabah twaalf was en begon te groeien, had er in de duinen een aanrander rondgelopen. Dat had haar vader aangegrepen als excuus om geen grotere fiets voor haar te hoeven kopen. Het was idioot en ze had er vaak genoeg tegen haar moeder over gemopperd. Maar dan liet haar moeder haar lege handpalmen zien: geen geld. En Sabah mocht geen baantje nemen. Haar vader zag in elke baas ook een mogelijke verkrachter...

Opeens stopte Samir naast haar. En hij bood haar een lift aan! Terwijl hij zelf, dat wist ze van zijn zusje Noor, helemaal aan de andere kant van het dorp woonde. Hij stond erop haar thuis te brengen. Als dát niks betekende!

Toen ze eenmaal achter op zijn fiets zat, wist ze niet waar ze haar handen moest laten. Het liefst had ze ze in zijn zakken gestopt – ze had geen handschoenen – maar dat leek veel te intiem. Ze durfde hem ook niet stevig om zijn middel te pakken, dus hield ze zich maar vast aan de achterkant van de bagagedrager. Maar toen ze er in een bocht bijna afviel, pakte ze toch maar zijn jas beet. Hij reageerde er niet op. Zou hij het niet merken? Of zou hij het heel gewoon vinden?

Sabah grinnikte in zichzelf. Als haar vader haar zo zou zien! Het was zijn eigen schuld. Had hij haar maar een fiets moeten geven.

Ze babbelden een beetje over de debatingclub, en Sabah bekende dat ze het doodeng vond. Met Samir was ze helemaal niet verlegen meer. Hij stelde haar gerust, op zo'n rustige, mannelijke manier. Sabah had er spijt van dat ze tegen Nur had gezegd dat Samir nog zo'n jochie was.

Ze had trouwens spijt van alles wat ze tegen Nur had gezegd over Samir. Wat er tussen haar en Samir was, dat zou Nur toch nooit begrijpen. Het was te bijzonder, en ook te breekbaar, om zomaar besproken te worden. Ze nam zich voor de volgende keer hardvochtig te blijven zwijgen onder Nurs aandrang. Samir en Sabah, dat was heilig. Daar mocht niemand aankomen.

Samir begon over haar spreekangst en bijna had Sabah hem verteld wat haar toekomstplannen waren.

'Ik wil...'

Ze hield nog net op tijd haar mond. Samir haalde zulke goede cijfers; hij zou haar uitlachen. Of, wat nog erger was, misschien zou hij haar niet serieus nemen.

Intussen trapte hij hard door. Die haast was een beetje beledigend, vond Sabah. Maar hij had het natuurlijk ook koud. Of misschien dacht hij aan haar. Het wás ook koud, om zo stil te zitten met de ijzeren spijlen van de bagagedrager onder haar billen en haar voeten die langzaam nat werden van het opspattende water. Toch waren ze er veel te gauw.

Ze liet zich op de hoek afzetten; er werd al genoeg geroddeld in hun buurt. Toen ze op de grond sprong, verschoof haar hoofddoek. Even had ze de neiging om hem af te doen, haar haren los te gooien en hem wild op zijn mond te zoenen. Als een Nederlands meisje.

*Nederlanders wippen maar raak.*

Maar daar wilde zij toch niet bij horen?

Samir reed niet meteen weg. Wat wilde hij? Verwachtte hij een kus of zo? Hier, midden op straat?

'Wat wou je nou?' vroeg Samir. 'Je zei: ik wil... Je maakte het niet af.'

Sabah kon hem wel zoenen om die vraag. Natuurlijk gaf ze hem geen kus. Maar ze gaf hem iets wat beter was, iets wat veel meer waard was. Ze vertelde hem dat ze tolk wilde worden.

Hij glimlachte en knikte. Ernstig. Daarom hield ze juist zo van hem. Hij lachte nooit iemand uit. Ze was een stommeling dat ze aan hem getwijfeld had.

Ze keek om. Samir stond haar met de fiets tussen zijn benen na te kijken. Dromerig. Ze prentte het beeld in haar hoofd om er later in bed nog eens uitgebreid naar te kunnen kijken. Gewoon naar huis lopen kon ze nu niet. Ze rende terug en pakte zijn mouw. Weer moest ze zich bedwingen om hem geen zoen te geven, recht op zijn mond.

'Hé Samir... Nog bedankt hè. Ook voor Frans en alles.'

'Ja joh,' zei Samir. 'Maakt toch niet uit.'

Het maakte heel veel uit! Voor haar maakte het álles uit! Ze staarde hem even aan, haar ogen gloeiden bijna uit hun kassen, toen draaide ze zich om. Ze hoopte dat ze in die ene blik alles had gelegd wat ze niet in woorden kon uitdrukken. Ze hield van hem!

'Kun je niet uitkijken! Nou kan ik opnieuw beginnen!'

Een jongen met een ouderwetse leren vliegenierspet op keek haar boos aan. Hij hield de kwast in zijn hand zó vast alsof hij hem naar haar wilde gooien, als een speer. Sabah keek omlaag. O shit. Ze was dwars over het bord heen gelopen dat hij aan het schilderen was. 'Wijkpl' stond erop, in helderblauw.

'Sorry,' zei Sabah – het klonk veel te vrolijk. 'Kon ik niks aan doen – ik ben verliefd.'

De jongen keek haar nieuwsgierig aan. Hij zag er echt belachelijk uit met dat ding op zijn kop. Het was zo'n pet als je normaal alleen in films over de Eerste Wereldoorlog zag.

'En trouwens, wie doet dat nou op de grond?'

'Hoogtevrees,' zei de jongen.

En dan wel een pilotenmuts dragen!

'Wéét jij eigenlijk hoe idioot je eruitziet?' Sabah was door het dolle heen. Ze hield van Samir!

'Nee. Jij?' vroeg de jongen. Sabah liep bijna huppelend verder.

Toen ze omkeek, zag ze dat ze een spoor van blauwe voetstappen achterliet. De jongen stond haar lachend na te kijken. Uitgelaten zwaaide Sabah naar hem. Kon haar niet schelen wie het zag. Want Samir hield ook van haar!

# Bijna een lekker ding

Sabah was het meisje van de radio eigenlijk alweer vergeten, toen ze in een tussenuur opeens een mailtje vond.
Marlies heette de verslaggeefster. Ze wilde een afspraak.
Sabah mailde haar telefoonnummer terug. Dezelfde middag belde Marlies al: of ze Sabah mocht komen intervie-
wen.

'Waarover dan?' vroeg Sabah. 'Weer over het geloof?
Daar weet ik niet zo veel van, hoor.'

'Nee, gewoon over jou,' zei de verslaggeefster. Dat klonk
nogal vaag. Marlies was maar van de RRB, de regionale
omroep waar niemand die Sabah kende naar luisterde.
Maar Sabah betwijfelde of haar moeder het zo leuk zou
vinden om een journaliste over de vloer te krijgen, nu ze
geen man meer had en bijna zonder inkomsten zat.

'Goed,' zei Sabah, 'maar kan het een weekje wachten?
Want mijn ouders staan op het punt te vertrekken en het
is hier nogal hectisch.'

Dat vond Marlies best en ze maakten een afspraak.

'Wie was dat?' vroeg haar moeder.

'O, gewoon niemand,' zei Sabah. 'Iets over huiswerk.' Ze
was er met haar gedachten niet bij. Wat wilde die Marlies
toch van haar?

'O, gewoon, niemand,' deed haar moeder haar na. 'Nou,
hier staat toevallig íémand, met het verzoek of je komt
helpen met de afwas. Jij maakt je overal van af tegenwoordig!'

Sabah ging er niet op in, liep zwijgend mee naar de keuken. Dat was het beste, want na het vertrek van Kasim
Kaya was haar moeders humeur er niet beter op gewor-

den. En sinds het laatste bericht uit Turkije was ze helemaal niet meer te genieten.

Sabahs opa lag op sterven. De vader van haar vader. Kasim had gebeld om te zeggen dat Nurcan haar koffers moest pakken. Ze gingen afscheid nemen en natuurlijk mochten Kasim en Nurcan ze niet laten merken dat ze uit elkaar waren.

Haar moeder had een uur lang in huis lopen tieren, maar zich er natuurlijk toch bij neergelegd. Het had geen zin de oude man op zijn sterfbed nog ongerust te maken. Hij was juist zo trots op zijn 'geslaagde' zoon in Nederland.

Maar tijdens het afwassen drong het tot Sabah door dat zij ook mee moest. En voor het eerst van haar leven verzette ze zich.

'Dat doe ik dus absoluut niet,' zei Sabah. Ze smeet haar theedoek op het aanrecht. 'En dan jullie zeker de hele weg ruziemaken...'

'We gaan toch niet met de auto,' wierp haar moeder zwakjes tegen. Maar daarbij keek ze zo zorgelijk dat Sabah begreep dat die vliegreis in haar voordeel werkte. Veel te duur. En bovendien...

'Het eindexamen!' riep Sabah uit. 'Ik kan écht geen school missen nu!' Ze keek haar moeder gespannen aan. Dat was toch een argument? Of niet!

'Luister nou, *anne*. Als jullie me nu meeslepen naar Turkije hebben jullie al die jaren voor niks schoolgeld betaald.'

Haar moeder knikte. Sabah had gewonnen. Ze mocht alleen thuisblijven! Voor het eerst in haar leven alleen thuis, zonder dat er continu op haar werd gelet! Ze zou al haar vriendinnen uitnodigen, een stapel romantische films huren en... Nee! Ze zou Samir naar haar huis lokken!

*Slecht meisje!* Ze grinnikte hardop, maar hield zich toen gauw in. *Anne mag geen argwaan krijgen.*

'Zeg jij het dan tegen *baba*?' vroeg Sabah, toch opeens ongerust. Die toestemming van haar vader, daar hing het op.

Zonder iets te zeggen pakte haar moeder de telefoon. Aan de andere kant van de lijn kwetterde een vrouwen- stem. Niet haar vader dus. Sabah droogde verder af (ze had nou toch gewonnen), maakte het fornuis schoon, deed de klep dicht en legde het kleedje erop. Ze wilde net de keu- ken uit gaan toen ze haar moeder hoorde zeggen: 'Meryem, lieverd, wat ik vragen wou, mag Sabah een paar weken bij jou?'

Goed. Dus niet alleen thuis. Maar wel zo goed als. Want zou Nurs moeder er nou echt bezwaar tegen hebben als de meisjes even naar het buurhuis gingen om... op Sabahs kamer muziek te luisteren bijvoorbeeld? Ze zou met Nur vast een voorraadje ijzersterke smoezen bedenken.

Die avond in bed kwamen de dromen opzetten. Als haar ouders eenmaal in het vliegtuig zaten, zou ze Samir mee naar huis nemen... Nur zou natuurlijk in het complot zit- ten. Die zou haar moeder wijsmaken dat Sabah thuis de kamers luchtte of zo. Dan was het ook niet erg als Samir en Sabah lawaai maakten... Ze zou hem thee aanbieden in de woonkamer... en als hij dan nietsvermoedend ja zei, zou ze het theeblad mee naar haar eigen kamer nemen... Nou, en dan begreep hij het wel.

Hij zou het theekopje uit haar handen pakken en heel teder haar gezicht in zijn handen nemen... En iets zeggen over haar ogen of zo. Dat ze mooi waren of... zo sprekend. Dat hij in haar ogen alles kon lezen wat ze niet durfde te zeggen. En dan zouden ze gaan zoenen. En dan – maar op dat punt aangekomen kreeg Sabah last van Nurs stem in haar hoofd: *als je geen zin hebt om zo hard te werken... jongens voelen het verschil niet eens... gewoon tussen je benen... tussen je benen...* En dan was de magie eraf. Maar ze begon onvermoeibaar weer bij het begin: ze zou de bus missen... Samir zou haar naar huis brengen... ze zou hem op de thee vragen...

In het echte leven was Samir afwezig. Met zijn hoofd bij andere dingen. Tijdens zijn uitleg van de *subjonctif* klonk zijn stem dof, alsof hij eigenlijk niet wist wat hij zei. Als zo'n computerstem die je kreeg als je de verzekering belde (Sabahs taak sinds haar vader het huis uit was).

Maar juist doordat hij toch niet leek te luisteren, verloor Sabah haar angst om hem in vertrouwen te nemen.

'Toen Van Baal mij het woord gaf stikte ik zowat. Op zo'n moment kan ik dus echt niks uitbrengen. Ik baal ervan dat ik zo verlegen ben, maar ik heb het altijd al gehad. Daarom heeft mijn moeder me op judo gedaan. De bedoeling was dat ik meer zelfvertrouwen zou krijgen, maar...'

Ze kon niet meer stoppen gewoon. Samir hoorde het allemaal geduldig aan, terwijl hij aan een wondje op de rug van zijn hand pulkte. Het interesseerde hem natuurlijk niet. Dat kón niet. Het wás helemaal niet interessant.

Maar opeens zei hij: 'Ik vind je eigenlijk helemaal niet zo verlegen.' Hij grinnikte. 'Niet dat ik bedoel dat je te veel kletst of zo...'

Shit, dat bedoelde hij dus wél! Hij kreeg een kleur en toen bloosde Sabah van de weeromstuit mee.

'En je hebt toch je vriendinnen. Dat is al heel wat hoor.'

Vriendinnen, dacht Sabah. *Weet Nur wie ik ben? Of Semra, of Esin of Gül? Ik laat toch altijd alleen maar het vriendelijke, meegaande meisje zien. Van de Sabah die wil stampvoeten en zingen en op blote voeten door de regen rennen weten ze niks af.*

Ze vergat Samir, ging op in haar gedachten.

*Misschien denkt Nur dat ze weet wat ik met Samir zou willen doen. Maar ze heeft geen idee dat ik doodsbang ben bij het idee hem zonder kleren te zien. Dat ik alleen mijn gezicht in zijn hals zou willen leggen en daar blijven. Wel bloot, ja, wel dicht tegen hem aan en wel bloot, als ik het maar niet hoef te zien...*

'Misschien heeft iedereen dat wel,' zei Samir plotseling. Sabah schrok op. Wat... wat had ze gezegd? Haar blos werd dieper. Wát had iedereen wel? Gedachten over bloot en dicht tegen elkaar aan? Help! Wat had ze gezegd?

'Denk je?' vroeg ze onzeker. *Wat heb ik gezegd?!*

'Misschien is het bij sommigen wel erger dan bij anderen,' zei Samir. Hij keek zo teder. Hij bedoelde zichzelf. Hij bedoelde dat hij aan háár dacht. Dat hij niet op kon houden aan haar te denken. *Bloot en dicht tegen elkaar aan?*

Sabah liet haar ogen spreken. Haar mond werkte nou eenmaal niet zo goed mee.

Maar toen veranderde Samir van onderwerp. Ze babbelden even over wat ze wilden gaan doen na school. Veilig terrein. Maar dat beviel Sabah niet. Ze wilde de intimiteit van daarnet terug.

Ze haalde diep adem. Zou ze het durven vragen? Ja, wel aan Samir. Voor Samir hoefde ze niet verlegen te zijn. En toen vroeg ze het gewoon: 'Wat dacht jij van mij toen je me voor het eerst zag?'

Bij haar was het eigenlijk geen liefde op het eerste gezicht geweest. Samir was een beetje miezerig uitgevallen. Lang niet zo aantrekkelijk als de stevige Turkse jongens in hun klas, of als sommige Nederlanders, zoals Daniël uit de vierde. Pas toen hij zijn mond had opengedaan in de klas had ze Samir opgemerkt. Maar toen was het ook wel meteen goed raak. Ze was op hem gaan letten en toen was haar die speciale manier van luisteren van hem opgevallen, met zijn hoofd scheef en zijn ogen wijdopen, alsof hij zo beter kon horen wat er gezegd werd. Als ze terugdacht was ze dáár verliefd op geworden. Op die luisterende ogen...

Ze wachtte in spanning wat hij zou zeggen. Als ze eerlijk was, zou ze het liefst horen dat hij haar een lekker ding had gevonden, meteen al toen ze in de tweede bij elkaar in de klas kwamen.

Het duurde te lang. Samir kon het zich niet herinneren. Geen liefde op het eerste gezicht dus.

'Maar wat dacht je dan van mij, zeg vorige maand? Of op de eerste schooldag van dit jaar?'

Ze kon het van zijn gezicht aflezen. Hij had haar géén lekker ding gevonden.

'Eh...'

'Zeg dan!'

'Een hoofddoektrutje,' zei Samir.

Sabah slikte. Het was natuurlijk een compliment. Een groot compliment, dat hij zo eerlijk was.

'Nog meer?' Ai, dat was bedelen.

'Stil, aardig, verder niks.'

Verder niks dus. Stil, aardig. Precies wat iedereen van haar vond, zo ongeveer het omgekeerde van een lekker ding. Het waren de lawaaierige meisjes die altijd de meeste aandacht van jongens kregen. Lawaaierig met hun mond en hun giechels en zelfs bij het neerzetten van hun tas, lawaaierig opgemaakt, lawaaierig gekleed. De Mariska-types. Dat Mariska dom was, daar zat niemand mee. Wat er uit haar mond kwam interesseerde de jongens niet, 'zolang ze maar goed kan pijpen'. Dat had Sabah Ricardo letterlijk zo horen zeggen. En Ricardo was nog wel Mariska's vriend.

Zelfs leraren reageerden op lawaaierige meisjes. Lacherig, met flauw geflirt, half en half opgewonden – als overjarige pubers.

Sabah nam zich voor om de volgende week, als haar

ouders weg waren, in een strakke broek en op stilettohakken op school te komen. Strak topje met een diep decolleté, push-up-beha. Opgemaakt en met een knalrode hoofddoek. (Die hoofddoek had ze al. De rest zou ze gewoon in het weekend even moeten kopen. Nur wilde haar vast wel geld lenen.)

Ze zuchtte. Deed ze toch niet. Paste niet bij haar.

'Als ik opnieuw geboren mocht worden,' zei ze, 'zou ik precies hetzelfde willen zijn, maar dan alleen niet verlegen.'

Samir keek haar ernstig aan.

'Ja,' zei hij, 'je zou verder precies hetzelfde moeten zijn.'

Hij keek er zó verschrikkelijk lief bij!

Op dat moment voelde Sabah zich bijna een lekker ding.

# Op de Vissersplaat

**48** | Sabahs moeder pakte alleen een tas vol kleren en een tas vol cadeautjes. Maar Kasim Kaya nam zijn hele hebben en houwen mee. Hij liep hun huis in en uit om fotoboeken en verzekeringspapieren uit kasten te halen, oude schoenen met de veters aan elkaar te binden, zijn moeders sierschalen uit de vitrinekast te pakken en zelfs het zwarte wandkleed met de Korantekst van de muur te halen. Het was walgelijk en zielig tegelijk. Toen hij vertrokken was, waren er overal in huis kale plekken. Het behang was witter waar het wandkleed had gehangen. Alleen zijn geur hing nog in huis, het rook opvallend naar man, een lucht die Sabah al bijna vergeten was.

'Komt hij echt nooit meer terug?' vroeg ze aan haar moeder. Nu het opeens zo zichtbaar was, vond ze het een rotidee.

'Dat wil hij ons in ieder geval laten denken,' zei Nurcan. 'Dat is de zin van die inpakkerij. Maar ik weet het niet. Hij heeft de winkel nog niet verkocht. Zijn neef Mamet komt er voorlopig in.'

'Je hebt zeker echt veel zin om naar die begrafenis te gaan,' zei Sabah. Toen sloeg ze haar hand voor haar mond, want haar opa was helemaal nog niet dood. 'Ik bedoel...'

'Geeft niet,' zei haar moeder. 'Het komt op hetzelfde neer. En inderdaad, ik ga net zo lief naar mijn eigen begrafenis. Maar het moet nu eenmaal. Je zult wel merken dat er in het leven van een vrouw ontzettend veel van zulke momenten zijn. Je doet dingen niet zozeer omdat je er zin in hebt, maar omdat ze van je verwacht worden.'

'Misschien is het voor mannen wel hetzelfde,' zei Sabah. Dat was een nieuwe gedachte. Dat kwam door Samir. Hij stelde overal vragen bij.

Haar moeder keek haar verwonderd aan.

'Daar zeg je wat... Zouden mannen ook alleen maar doen wat er van hen verwacht wordt? Misschien houden we elkaar wel allemaal gevangen in verwachtingen.' Ze leek er even over na te denken. Sabah voelde zich tevreden dat ze haar moeder een nieuwe gedachte had gegeven.

Nurcan Kaya ging door: 'Hoor eens, er gaan hier een paar dingen veranderen. Als ik terugkom, ga ik meteen op Nederlandse les. Ik ben nu vrij, ik wil mijn eigen beroep weer kunnen uitoefenen. Mijn eigen geld verdienen. En jij...'

'Ik wil tolk worden,' zei Sabah, voor ze had kunnen nadenken. 'Er is een opleiding in Amsterdam en...'

Haar moeder keek haar verbaasd aan.

'Natuurlijk!' zei ze. 'Dat is geknipt voor jou! Jij tolkt altijd zo fantastisch voor mij... Waarom hebben we daar niet eerder aan gedacht?'

Sabah keek naar de grond en verzweeg dat ze er zelf al heel lang aan dacht.

'Ik hoop dat we het redden met het geld,' zei haar moeder toen. Ze streek met haar vinger over de lege plek op het kastje waar Kasims Koran altijd had gelegen.

'Maar,' zei Sabah, 'aan mijn cijfers zal het niet liggen. Zelfs Frans... Samir helpt me heel goed.'

Haar moeder lachte plotseling.

'Ja, jij hebt een willetje!' zei ze. 'Echt een kind van je moeder.' Dat wilde Sabah niet horen. Ze schudde heftig haar hoofd.

'Maar loop toch maar niet te hard van stapel met die Samir,' zei Nurcan. 'Het is vast een aardige jongen, maar... Je vader is nog altijd je vader.'

'Hij doet zijn best maar,' zei Sabah in het Nederlands. 'Hij doet zijn best maar daar in Turkije.'

Haar moeder antwoordde in het Turks en Sabah wist niet of ze haar verstaan had.

'O Sabah, meisje,' zei ze. 'Als je eens wist hoe jaloers ik op jou ben.'

Samir had haar nodig! Tenminste, hij had haar vader nodig. Tenminste, nu die op reis was, had hij neef Mamet nodig. Maar hij was toch maar mooi naar Sabah toe gekomen met zijn verzoek!

Het was maar iets kleins, een nepmerkje dat hij op twee shirts geappliqueerd wilde hebben, en Mamet had het zo voor elkaar. Maar Samir legde haar uit waarvoor hij het nodig had, en dat was weer een soort geheim. Ahmed, een jongen uit hun klas, imiteerde Samirs kledingstijl en Samir, die daar genoeg van had, wilde hem te kakken zetten.

Nou, daar wilde Sabah wel aan meewerken. Ahmed was een etter. Hij was de enige die Sabah weleens een lekker ding noemde, hardop, zodat Sabah niet wist waar ze moest kijken. Hij keek haar nooit recht aan, maar als ze langs hem liep zei hij dat soort dingen, half achter haar rug. Nou, als Samir dat rotjong een loer wilde draaien, werkte ze daar graag aan mee!

Ach nee, die hele Ahmed deed er niet toe. Wat Sabah blij maakte, was dat Samir haar in vertrouwen nam. Zoals Sabah hém in vertrouwen had genomen.

Samir was vast geen type om halsoverkop verliefd te worden. Hij was er vast een van de langzame aanloop. Volgens Nur was dat beter. Nur zei dat de snelle versierders ook zó weer wegliepen.

Dat was het, Samir was geen player, daar was hij veel te serieus voor. Hij wilde eerst volkomen zeker van zijn zaak zijn; hij zou een meisje nooit kwetsen. Eigenlijk hield Sabah juist van hem omdát hij haar zo behoedzaam benaderde.

Dat zei Sabah dapper tegen Nur – ze lagen de eerste nacht samen op Nurs kamer, veel te opgewonden over de logeerpartij om te kunnen slapen. En Nur deed dapper alsof ze erin geloofde, in dat verhaal over die jongen die te serieus was om meteen te willen zoenen.

Maar Sabah voelde Nurs twijfel. En ze voelde ook dat Nur maar al te goed wist dat Sabah zelf nog steeds geen hoogte kon krijgen van Samir.

'Niet boos worden, hoor,' zei Nur. 'Ik bedoel het niet beledigend of zo. Maar je weet toch wel zeker dat hij op meisjes valt?'

Sabah grinnikte, maar ze meende het maar half. Begon Nur nou ook al?

'Hé joh!' Ze leunde uit bed en stompte op Nurs deken. 'Hij mag dan een *mokro* zijn, maar hij is wél een moslim hoor,' zei ze.

'Dan is het goed,' zei Nur. Het klonk absoluut niet overtuigd.

'Ik ga slapen,' zei Sabah opeens knorrig. Nur had al zo lang met Halil, die hoefde zich nergens zorgen over te maken. Die was gewoon allang vergeten wat een hel het was om verliefd te zijn.

'Welterusten,' zei Sabah resoluut.

Maar even later begon Sabah zelf toch weer: 'Hé Nur... Waarom zeg je het eigenlijk niet tegen je ouders, van Halil en jou? Jullie zijn toch serieus?'

'Ik ben niet gek,' zei Nur.

'Nee, alleen maar schijnheilig,' bromde Sabah.

'Wat zeg je?'

'Niks. Ga maar slapen.'

Het duurde nog uren voor ze echt insliep. Dat kwam

door Nur, die heel irritant snurkte. En door de stilte in dat lege huis aan de andere kant van de muur. En door Samir, die misschien tóch op jongens viel. Ze waren nogal modern bij hem thuis... Zijn zusje droeg geen hoofddoek. Misschien aten ze wel varkensvlees ook.

Het waren geen gedachten waar ze vrolijk van werd en ze stond de volgende dag gebroken op.

En toen joeg Samir bij Frans Sabah de stuipen op het lijf. Zogenaamd onopvallend, maar zó nonchalant dat het juist ontzettend opviel, liet hij haar een gedicht in de nieuwe schoolkrant zien. Het was geschreven door een jongen die Sabah niet kende en het stond vol grote woorden. Verschrikkelijk gemaakt en overdreven. Maar Samir stond er zo verkikkerd naar te staren... O nee! Hij was toch niet verlíefd op de jongen die het had geschreven?!

Toen besefte Sabah dat het gedicht over een meisje ging.

Nijdig, omdat ze zo geschrokken was, zei ze: 'Die Sammy Soutendijk vindt zichzelf nogal geweldig, geloof ik.'

Toen lachte ze zichzelf uit. Er was maar één manier om vast te stellen of Samir op haar viel. Ze moest doen wat Nur had gezegd en hem meelokken naar de Vissersplaat.

'Wacht even,' zei Nur, toen Sabah die avond laat vertelde wat ze van plan was. Ze rende op blote voeten haar kamer uit en Sabah hoorde haar in de koelkast rommelen. Even later was ze terug met twee komkommers, van die kleintjes zoals haar vader ze vroeger meenam van het Turkse winkeltje bij de moskee.

'Om te oefenen,' zei Nur met een ondeugend lachje.

'Nur!' riep Sabah geschokt uit.

'Sst! Moeten mijn vader en moeder je horen!' Nur kroop bij Sabah op bed. Het latwerk kraakte. Onthutst staarde Sabah naar het komkommertje dat Nur voor haar neus hield. Als je bedacht wat het voor moest stellen, was het toch walgelijk groot...

'Nou, pak aan,' zei Nur ongeduldig. 'Jij wou toch niet afgaan?'

Sabah pakte het komkommertje aan, met wantrouwige vingers.

'Ik hoop dat die van Samir niet zo koud is,' zei ze. En toen vielen ze tegen elkaar aan van het lachen.

Sabah hoefde alleen de bus maar te missen. Op aanraden van Nur deed ze het op de middag dat ze judo had, want zo zouden ze bij Nur thuis niet merken dat ze wegbleef. Nu haar vader en moeder het land uit waren, voelde ze zich een stuk vrijer. Zo vrij dat ze rechtstreeks aan Samir vróég of hij haar naar huis wilde brengen! Ze stond versteld van haar eigen moed.

Twintig afschuwelijke seconden lang leek het alsof hij nee ging zeggen. Toen zei hij: 'Stap maar achterop. Maar wel goed vasthouden, hoor. Vorige keer donderde je er bijna af.'

Romantisch klonk dat niet. Maar het wás natuurlijk zo romantisch als het maar kon: hij wilde dat ze hem vasthield! En niet zomaar bij zijn jas... Ze sloeg haar armen stevig om hem heen. Als ze niet op de openbare weg hadden gereden in de richting van Wijk Noord, waar het ritselde van de kennissen van haar ouders, had ze haar hoofd tegen hem aan gelegd.

Maar toen hij stopte op dezelfde plek als de vorige keer deed hij geen poging haar te zoenen. Sabah zag hem opkijken naar de flats. Hij was natuurlijk bang dat haar familie hem zag – Sabah had hem niet verteld dat haar ouders weg waren en ook niet dat ze bezig waren te scheiden. Helemaal niets had ze verteld over haar familie. Dat zou ze pas doen als hij had toegegeven dat hij ook van haar hield.

Dat hij zo benauwd omhoog keek moest betekenen dat hij zin had om haar te zoenen! Bubbelig blij vanbinnen stelde Sabah voor een stukje door te fietsen. Als ze hem maar eenmaal op de verlaten weg over de Vissersplaat had... Ze gaf hem een duwtje om hem op weg te helpen. Hij zag er zo schattig verlegen uit! Zie je wel dat hij een duwtje – letterlijk – nodig had gehad!

Ze reden de wijk uit en Sabah drukte zich tegen hem aan. Haar borsten rustten tegen zijn onderrug en dat was natuurlijk wel een beetje raar, maar beter dan niets. Zo zou hij haar bedoeling tenminste begrijpen. Over passerende buren maakte ze zich op dat moment helemaal niet druk.

Samir fietste braaf door over het dijkje. Sabah keek om zijn rug heen en zag het bosje waar Nur het over had gehad. Daar! Erachter verschool zich het gereedschapsschuurtje waar Nur en Halil altijd heen gingen. Er stond ook ergens een oude badkuip, waar...

Maar Samir minderde geen vaart. Wíst hij het niet? Nur had beweerd dat alle jongens uit Zuideroog dat plekje kenden. Zij had er haar eerste zoen gekregen, lang geleden al. Van Mike, een jongen die toen bij hen in de flat had gewoond. Maar die Mike was een gluiperig soort versierder met wie Nur toen niet verder had willen gaan.

Sabah sprong van de fiets en trok Samir aan zijn mouw, zodat hij moest stoppen. Hij viel zelfs bijna om. Keek hij nou verbaasd? *Maar hij weet toch wat de bedoeling is?*

Ze zoenden. Eindelijk! En dat niet alleen. Achteraf schaamde Sabah zich en ze durfde de details niet aan Nur te vertellen toen die ernaar vroeg. Maar het was heerlijk. Eindelijk voelde Sabah die mooie handen van hem op haar borsten, en meteen wist ze eens en voor altijd zeker dat hij géén homo was. Het zoenen ging nog een beetje onhandig en aarzelend – ze moest zijn lippen zowat van elkaar duwen met haar tong – maar daar was Sabah juist blij om. Ze zou het niet leuk hebben gevonden als hij heel ervaren was geweest.

Wat haar verwonderde, was de opwinding. Het hoorde er wel bij en zo, maar ze had toch niet verwacht dat het zo zou voelen. Die sidderingen die door haar lijf trokken – dus dat voelde je als je echt van iemand hield!

Ze keek hem aan. Tot haar verwondering durfde ze het te zeggen: 'Ik hou van je.'

Hij keek haar diep in haar ogen. Zijn wangen glansden donkerrood. Hij keek heel lief. Verlegen en lief.

'Ik... Je bent lief,' zei Samir.

Sabah wist zeker dat hij had willen zeggen dat hij ook van haar hield. Het gaf niet dat hij dat nog niet durfde te zeggen. Dat kwam nog wel.

Ze deden hun jassen uit. Als hij verder zou gaan, zou Sabah niet weigeren. Hij hield van haar, zij hield van hem, ze waren bijna van school af en hij was een moslim. Ze hoefde zich niet in te houden... Niemand hoefde het te weten. Als ze trouwden zou Samir niet hoeven te twijfelen dat hij de eerste was geweest. Ze wist het zeker: Samir was de man voor haar.

Toen duwde hij haar weg.

'Sorry...' zei hij meteen. 'Maar je gaat zo hard. We moeten niet... We kunnen niet...' Hij frummelde verlegen aan het lopertje van zijn rits.

Wauw! Hij respectéérde haar! Waar vond je zo'n jongen?!

Nu hing het alleen maar van haar af.

'Het gaat toch om jou en mij,' zei Sabah. 'Als we van elkaar houden, dan maakt de rest toch niet uit.'

'Dat is wel zo, maar we kunnen toch beter nog even wachten volgens mij.'

*Slome! Wie is er hier nou het meisje!*

De ban was verbroken. Sabah kreeg het opeens koud; ze knoopte haar jas dicht. Ze was teleurgesteld, maar tegelijk ook opgetogen. Samir hield zich in... Hij wilde eerst kennismaken met haar ouders! Hij nam haar serieus! Ze hield meer van hem dan ooit.

Nadat hij haar had afgezet, viel haar blik op een bord aan een gevel: De Wijkplaats. Op het trottoir stonden nog steeds haar blauwe sporen. Ze zette haar voeten precies op die voetstappen. Altijd als ze hier liep, zou ze aan Samir denken, en aan de dag dat ze had beseft dat het echte liefde was.

Voor het eerst vond Sabah het jammer dat haar vader en moeder in Turkije zaten. Ze had Samir het liefst nu meteen mee naar huis gesleurd en aan hen voorgesteld.

# Sabahs ware gezicht

Toen Marlies van de RRB aanbelde, had Sabah net Nur de deur uit gewerkt. Ze hadden samen het huis schoongemaakt – muziek keihard en dansend achter de stofzuiger – en Nur had dolgraag willen blijven, maar Sabah had deze keer haar zin doorgedreven.

'Ik durf geen bek open te doen als jij zit te luisteren,' had ze gezegd.

'Maar ik zeg toch niks!'

'Maakt niet uit. Dit moet ik alleen doen, Nur, echt. Ik word veel te verlegen anders.'

'Verlegen, jij! Daar trap ik dus mooi niet meer in!' Want Sabah had genoeg losgelaten over wat er bíjna was gebeurd op de Vissersplaat om Nur het idee te geven dat ze álles durfde.

Sabah liet Marlies binnen en keek even om het hoekje van de deur. Dat dacht ze al: Nurs raam stond op een kier. Die kon het dus niet laten om tóch even te gluren! Sabah deed nadrukkelijk de deur dicht en nam Marlies mee naar de woonkamer.

'Dus je bent alleen thuis?' vroeg Marlies, terwijl ze nieuwsgierig om zich heen keek. 'Werken je vader en moeder?'

'Ze zijn in Turkije,' zei Sabah.

'En laten ze jou zomaar alleen in huis achter?' Dat klopte duidelijk niet met de ideeën die Marlies had van Turkse gezinnen. Ze keek er nogal blij bij.

'Ik logeer bij mijn vriendin hiernaast. Het zijn ook vrienden van mijn ouders. Ik ben alleen maar even hier om schoon te maken – en het leek me ook handiger om hier met jou te praten. Het is hier stil en zo.'

'O...' zei Marlies. Nu klonk ze teleurgesteld. Sabah snapte waarom. Marlies was op zoek naar een bijzónder Turks meisje. Iemand die afweek van het cliché.

Tja. Zij was nu eenmaal maar gewoon Sabah.

Marlies was even bezig haar recorder te installeren en te testen. Sabah bracht intussen het theeblad binnen. Die ochtend hadden Nur en zij geprobeerd koekjes te bakken, maar die waren mislukt. Nu had ze alleen koekjes van de supermarkt, een week oud al. Het gaf niet: Marlies wilde toch geen koekje. Ze nam ook geen suiker in de thee.

'Typisch Nederlands,' grinnikte Sabah.

Marlies grinnikte mee. Daarna begon ze Sabah uit te horen over haar leven. Hoe ze het vond op school, wat haar toekomstplannen waren, hoe ze over het huwelijk dacht.

'Denk je dat je ouders iemand voor je zullen uitzoeken?' Sabah knikte.

'Dat zit er dik in.'

Marlies keek haar op die vragende, neutrale manier aan die Sabah zich herinnerde van de vorige keer: 'Hoe vind je dat?'

Sabah aarzelde met haar antwoord. Toen zei ze: 'Ik vind het wel oké. Je ouders kennen je heel goed, die weten wat het beste voor je is. Ze hebben ook meer levenservaring. En mensenkennis. Ze kunnen een jongen beter beoordelen dan ik. En als ze de familie kennen, dan geeft dat toch wel zekerheid, vind ik.'

Ze dacht aan de slungelige ingenieur die ze verzonnen had, en trok een gezicht.

'Maar?' vroeg Marlies. 'Het klinkt heel redelijk wat je zegt, maar die grimas zegt iets anders.'

'Nou ja...' zei Sabah. Toen gooide ze er opeens uit: 'Het is dat ik verliefd ben op iemand die... op iemand... Ik denk dat mijn ouders hem niet goed genoeg vinden. Mijn vader in ieder geval niet.'

'Is hij geen moslim?'

'Dat wel.'

'Wil hij dan niet deugen?' Nu schemerde er een lachje in de ogen van de verslaggeefster en opeens vertrouwde Sabah haar.

'Jawel, hij deugt heel erg. Bijna té. Hij is heel serieus en zo en hij respecteert me ook. Helemaal geen type dat rottigheid uit zou halen. Hij geeft me bijles en hij is... hij is helemaal geweldig. Maar...'

Marlies wachtte rustig af wat ze nog meer zou gaan zeggen. Het opnameapparaat zoemde zachtjes.

'Misschien...' zei Sabah bedachtzaam, 'zou mijn moeder het nog wel goed vinden. Mijn ouders... ze gaan scheiden. Dus...'

'En dat van hen was een gearrangeerd huwelijk?' vroeg Marlies. Ze keek er niet afkeurend bij, alleen maar begrijpend.

'Ja, logisch. Ze zijn in Turkije getrouwd. Maar het is mislukt. Dat kan ook komen doordat ze hier zijn gaan wonen. Mijn moeder was echt een stadsmeisje, en ze had ook een goede opleiding. Maar nu zit ze altijd maar thuis en ze... om eerlijk te zijn is ze daar continu pissig om. Ze hadden altijd ruzie.'

Sabah onderbrak zichzelf.

'Misschien moet je dit niet gebruiken,' zei ze. 'Of anders een andere naam opgeven. Mijn vader vermoordt me als hij hoort dat ik dit allemaal op de radio heb gezegd.'

Marlies grinnikte. 'Ik zal je naam veranderen,' zei ze. 'En misschien moeten we het nu over jou hebben. Dus je bent verliefd? Hij ook op jou?'

Sabah knikte.

'Wauw!' zei Marlies. 'Gefeliciteerd! Ik ben jaloers op je.

Toen ik nog op school zat, werd ik aan de lopende band verliefd op de verkeerden... Nu nog, trouwens.'

Sabah keek haar verbaasd aan. Was het de bedoeling dat de interviewster zelf ook zulke intieme dingen vertelde?

Toen hoorde ze opeens die woorden: *ik ben jaloers op je.*

Marlies was de tweede al die dat zei. *Heb ik soms iets wat ik zelf niet weet?*

'Lijkt me trouwens knap lastig,' zei Marlies. 'Want hoe doe je dat als je wilt vrijen? Ik neem aan dat de ouders van je vriendin nog beter op je letten dan je eigen ouders?'

'Wij... we wachten nog,' zei Sabah verlegen. Die Nederlandse manier om alles maar bij de naam te noemen lag haar niet zo. 'Hij wil eerst kennismaken met mijn ouders en... Nou ja, we wachten nog.'

'Sorry dat ik het vraag,' zei Marlies, 'maar ik moet wel, want ik weet het gewoon niet: zijn alle Turkse meisjes zo? Dat ze wachten met seks tot ze getrouwd zijn?'

Sabah kon er niets aan doen dat ze bloosde. Maar dat zag je op de radio toch niet.

'De meeste wel,' zei ze. En toen: 'Niet allemaal.'

Marlies bleef haar zwijgend aankijken. Het was onmogelijk om je mond te houden als ze zo keek. Omdat ze echt geïnteresseerd was.

'Als het aan mij lag,' zei Sabah, 'zou ik trouwens helemaal niet wachten. Ik ben zeker van hem en hij van mij, dus wat maakt het dan uit? Hij zou tóch de eerste zijn voor mij...'

'En andersom?'

Sabah begreep het eerst niet.

'Of ik ook de eerste zou zijn voor hem? Weet ik niet. Ja, ik denk het wel. Maar dat maakt voor een jongen toch niet zoveel uit.'

'Niet?'

Sabah bloosde.

'Of tenminste, als ik zou mogen kiezen... Het lijkt me toch mooier als het voor hem ook de eerste keer...'

'Dat dacht ik al,' zei Marlies. 'Maar ik onderbrak je. Dus je vriend is degene die wil wachten. Waarom?'

'Hij is bang voor mijn ouders, denk ik.'

'En wat voor reden heeft hij daarvoor? Hij klinkt als een | 61 ideale partner eigenlijk.'

'Is hij ook!' zei Sabah vurig. 'Behalve dat hij...' Ze schaamde zich opeens intens voor haar vader.

'Dat hij...?'

'Hij is een Marokkaan.'

'En?' vroeg Marlies verbaasd. 'Dat zijn toch ook moslims?'

Sabah schudde haar hoofd.

'Ik kan het niet uitleggen. Niet zonder...'

'Niet zonder je ouders af te vallen?'

Sabah beet op haar lip. Dat was het precies. Die Marlies was gevaarlijk.

'Ander onderwerp dan,' zei Marlies. 'Er wordt op het ogenblik veel gepraat over normen en waarden. Wat zijn voor jou de belangrijkste waarden?'

'Vrijheid!' flapte Sabah eruit. Toen verbeterde ze zichzelf: 'Of misschien... Nee, respect. Ja, respect denk ik. Voor je ouders en... voor andere mensen. Hoe ze leven.'

Marlies praatte heel langzaam toen ze vroeg: 'Respect, is dat iets wat je moet kríjgen? Of is het iets wat je moet geven?'

'Allebei...' Opeens begreep Sabah waar Marlies heen wilde. Ze knikte. 'Je hebt gelijk. Je moet zelf eerst andere mensen respecteren voor je respect kunt krijgen.'

De verslaggeefster grinnikte: 'Ik heb niks gezegd, meisje. Dat zijn jouw woorden.'

'Maar je bent het er wel mee eens,' zei Sabah. Nu kon het haar niets schelen dat het allemaal werd opgenomen. Ze had het idee dat ze het eerste echte gesprek had in maanden. Zelfs met Samir praatte ze niet over zulke dingen. Laat staan met Nur of Semra.

'Jazeker ben ik het met je eens. Maar hoor eens, je noemde eerst "vrijheid". Vind je dat dan niet toch belangrijker?'

Sabah dacht na. Eigenlijk had nog nooit eerder iemand naar haar mening gevraagd. Ja, De Haan op de debatingclub. Maar dat was meer een spel. Marlies nam haar serieus.

'Vrijheid is iets... dat zei ik meer voor mezelf. Het is iets waar ik soms naar verlang, maar... Zoals dat ik niet met Samir mag omgaan – dat haat ik. Maar vrijheid komt misschien vanzelf als iedereen elkaar respecteert. Ik weet niet...'

'Volgens mij weet je het heel goed,' zei Marlies. 'Je onderschat jezelf.'

'Weet ik,' zei Sabah. 'Ik probeer het af te leren.'

Marlies schoot in de lach. Daarna vroeg ze: 'Hoort het soms bij je opvoeding? Die... bescheidenheid?'

'Ja,' zei Sabah, tot haar eigen verbazing. 'Ja, dat denk ik wel. Maar ik probeer het tóch af te leren.'

'Dus vanaf dit moment toon je je ware gezicht?' vroeg Marlies.

Sabah keek haar wantrouwend aan. Dreef Marlies nou de spot met haar? Maar het oudere meisje keek bloedernstig.

'Ja,' zei Sabah. 'Dat ga ik in ieder geval proberen.'

'Je bent geweldig,' zei Marlies. 'Jezusmina, als ik het allemaal zo op een rijtje had gehad toen ik zo oud was als jij...!'

'Meen je dat?' vroeg Sabah.

'Dat zou je niet gek moeten vinden,' zei Marlies. Haar hand ging naar haar recorder, maar ze trok hem weer terug. 'Nog één ding. We hadden het over vrijheid. Als je zou moeten kiezen tussen je vriend en je ouders... als ze je dwongen. Zou je dan je vriend laten schieten?'

'Nooit!' zei Sabah. 'Als het moet, zal ik ervoor vechten.' Ze dacht aan haar vader in Turkije. Als hij daar zou blijven, zou het een stuk makkelijker zijn... Of niet? En zou ze het ervoor overhebben als hij haar niet langer als zijn dochter erkende? Zou haar moeder haar steunen?

Marlies keek haar aan.

'Dat zou niet makkelijk zijn, hè?'

'Het zou vreselijk zijn,' zei Sabah. 'Mensen zouden elkaar zulke dingen niet aan moeten doen. Maar ik laat Samir niet schieten. Echt niet.'

Marlies zette de recorder uit. 'Je bent een dijk van een meid. En ik wens je veel geluk met je Samir.'

Toen pas besefte Sabah dat ze zijn naam had genoemd. Maakte niet uit. Dan kwam het maar op de radio. En als iemand haar stem herkende en het doorkletste – nou, dan zat ze daar niet mee. Ze meende elk woord dat ze had gezegd, en ze schaamde zich er niet voor.

De volgende dag na school zoende ze Samir openlijk in de fietsenkelder. Ze hielden van elkaar en dat mocht iedereen weten.

Maar zaterdag werd ze wakker met iets treurigs in haar lichaam, middenin, iets hoger dan haar maag. Die middag zou het interview worden uitgezonden en ze wist niet wat ze met zichzelf aan moest tot die tijd. Ook al wist ze dat het onzin was, ze hoopte dat Samir het zou horen. Natuurlijk zou hij haar stem herkennen. Hij zou meteen op zijn fiets springen, maar Wijk Noord racen. En dan... dan begon de rest van haar leven.

*De rest van óns leven.*

Ze wimpelde een voorstel van Nur af om te gaan winkelen, en ging toen toch de stad in. Ze bekeek bij de HEMA slipjes die ze nooit zou durven kopen, zelfs niet als ze geld had, en liet beha'tjes door haar handen gaan die aan elkaar hingen van doorzichtige bloemetjes. Als ze getrouwd was, zou ze die dan durven dragen voor haar man? Of kocht je zoiets voor jezelf?

Ze slenterde de winkel weer uit en ging de kant van de zee op. Ze had toch geen geld om iets te kopen. Ze sloeg de Duinweg in, nog steeds met zo'n hol gevoel vanbinnen. Samir liep soms hard langs het strand, dat wist ze van zijn zusje. Misschien was hij er nu? Omdat hij ook zo'n hol gevoel had en niet wist hoe hij de tijd door moest komen tot maandag? Deze strandopgang was het dichtst bij zijn huis...

Er bewoog iets achter een raam van het hotel. Een jongen stond op. Tegenover hem zat een meisje. Ze leken van haar leeftijd, maar op die afstand herkende Sabah ze niet. Romantisch, om daar zo met z'n tweeën thee te drinken. Stel je voor dat zij daar zo met Samir zou zitten... Even later kwam de jongen naar buiten. Alleen. Sabah was onwillekeurig blijven staan. Het meisje zat hem na te kijken door het raam. Toch niet zo romantisch? Nee: de jongen huilde. Hij maakte onhandig zijn fietsslot open, moest steeds zijn neus afvegen omdat er druppels uit vielen. Toen hij op zijn fiets klom, ving hij haar blik op. Hij had nog een slagroomsnor ook.

'Sta niet zo stom te kijken, trut!' snauwde hij.

Haastig sloeg Sabah haar blik neer. Ze had hem herkend: het was Titus, van hun school. Iemand had hem zojuist gedumpt. Ze keek weer op naar de ramen van het hotel. Dat meisje zat er ook al zo vrolijk bij... Nee, helemaal niet romantisch.

Ze keerde om, terug naar het dorp. Het begon flink te waaien, en als ze opschoot, kon ze bij de haven nog net de volgende bus pakken.

Toen het eindelijk tijd was voor de uitzending, luisterden ze er samen naar, Nur en zij. Op Nurs bed met de radio zachtjes, want daar had Sabah op aangedrongen. Er was veel uit geknipt, vooral ge-eh en ge-ah, en de meeste pauzes, zodat Sabah veel stelliger klonk dan ze zich gevoeld had.

'Meid!' zei Nur toen het interview was afgelopen en er een stukje begon over een Antilliaanse jongen. 'Dat je dat durft te zeggen allemaal! En als je ouders het nou te horen krijgen? Die valse naam, daar trapt toch niemand in.'

Sabah haalde haar schouders op.

'Gelukkig zitten mijn vader en moeder hoog en droog in Turkije.'

'Ze krijgen het toch te horen, wedden? Volgende week weet heel Wijk Noord dat jij verkering hebt met een Marokkaan.'

'Zit ik niet mee,' zei Sabah. 'Ik meen het: ik geef Samir niet op. Nooit. Ik hou van hem.'

'Nou,' zei Nur. 'Ik wens je veel sterkte. Echt waar.'

# Slet, hoer

Zondagavond hoorde Sabah de telefoon gaan in haar eigen huis. Ze negeerde het gerinkel. Maar toen het meteen daarna opnieuw begon, ging ze toch maar even naar huis.

De stilte in hun flat was zwaarder door het indringende geluid van de telefoon. Het rook er ook zo doods – een huis waar al in geen week een maaltijd was gekookt. Zonder licht te maken liep Sabah naar de telefoon.

'Hallo?'

'Sabah? Waar zat je?'

Het was Semra. Sabah had op school niets verteld over de situatie thuis. Het was ook zo gênant allemaal.

'Ik moet je echt heel dringend spreken. Kan ik naar jou toe komen?'

'Nu?' Wat kon er zo dringend zijn?

'Of morgenvroeg voor school. Maar nu meteen is het beste. Dan heb je nog tijd om eraan te wennen.'

'Wat is er dan? Er is toch... geen ongeluk gebeurd of zo?'

Haar hart begon in haar keel te kloppen. Was er iets gebeurd met Esin, of met Gül?

'Dat niet. Maar je gaat het toch niet zo leuk vinden. Ik kom nu meteen naar je toe.'

'Maar...'

Semra had al opgelegd. Het kwam heel beroerd uit, want bij de buren zaten ze met het eten te wachten. Sabah liep er even naartoe om zich te verontschuldigen. Nurs moeder knikte en schepte zonder een woord een portie manti in een ovenschaaltje – er zat nog geen yoghurt over en ze kon straks de gevulde pastarolletjes makkelijk opwarmen – maar Sabah kon toch zien dat het Meryem niet beviel. Het zou doorgeklept worden aan haar moeder, dat stond vast. *Sabah had af en toe geheime afspraakjes in jullie eigen huis...*

Sabah maakte licht, zette thee en schudde de laatste supermarktkoekjes op een schaaltje. Ze moest iets te doen hebben... Semra woonde aan de andere kant van Wijk Noord en het zou haar ongeveer tien minuten kosten om Sabahs huis te bereiken. Daar waren nu toch wel zeven minuten van om. Als Semra hard door zou fietsen – want het had kennelijk haast – dan kon ze er nu toch wel zijn? Sabah liep naar de galerij en leunde over de balustrade. Nog niks...

Toen schrok ze, want opeens stond Semra achter haar.

'Boe!'

Sabah glimlachte bleekjes. Ze trok Semra mee naar binnen, want ze zag het raam van Nur alweer op een kiertje opengaan. Ze gooide haar vriendin een paar slippers toe en hing haar jas op. Semra plofte op de bank neer. Ze had blosjes van het harde fietsen, maar ze zag er eerder opgewonden uit dan bezorgd. Toch nam ze even de tijd om rond te kijken. De kamer zag er een beetje treurig uit met al die kale plekken.

'Wat is er nou?' vroeg Sabah terwijl ze het eerste glaasje thee terugschonk in de pot. 'Ik schrik me dood, man.'

'Sorry,' zei Semra. 'We wisten echt niet of we het je moesten vertellen. Esin was ertegen, maar ik vond van wel. Straks weet de hele school het, en als je ouders het horen...'

'Maar wát dan!' riep Sabah uit. 'Hou op met dat interessante gedoe en vertel het me gewoon!'

Semra keek haar verbaasd aan.

'Nou zeg!' zei ze.

'Semra, toe,' zei Sabah nu op haar gewone, smekende manier.

'Het gaat over Samir,' begon Semra. 'Samir...'

Het zweet stond Sabah plotseling in haar handen.

'Wat is er met Samir. Heeft hij een ongeluk gehad?'

'Erger,' zei Semra somber.

'Is hij dood!' krijste Sabah. Ze sprong overeind en schudde Semra heen en weer. 'Zeg dan wat, trut!'

'Hé!' zei Semra boos. 'Ik kom het je vertellen omdat ik je vriendin ben... We hebben het er het hele weekend moeilijk mee gehad, Esin en Gül en ik... en dan doe je zó!'

Sabah liet zich achterovervallen in de kussens en kneep haar vingers in elkaar.

'Laat me nou rustig vertellen. Er is niemand dood. Maar Samir... Esin hoorde het bij CafetaRia. Mariska zei dat ze iets gehoord had over Samir en dat het niet zo leuk was voor jou.'

Het interview, dacht Sabah. *Hij heeft het interview gehoord en me belachelijk gemaakt bij zijn vrienden...*

'Gül heeft het nagevraagd bij Christabel en die had er al over gehoord van Anouk. En Ricardo zegt dat Samir het zelf overal rondvertelt.'

'Wat dan?' vroeg Sabah ademloos.

'Ik zeg niet dat ik het gelóóf hoor,' zei Semra. 'Ik weet best dat je nog maagd bent. Dat weten we allemaal. Gül heeft het ook meteen tegen Christabel gezegd, dat jij heus niet zo'n hoer bent die het maar met iedereen doet en zeker niet met de eerste de beste *mokro*. Maar goed. Dat vertelt hij dus rond. Samir. Dat hij het met jou gedaan heeft en...'

'Wát!' Sabah staarde Semra verbijsterd aan. *Samir?!*

'Ja, sorry,' zei Semra. 'Hij verzint het natuurlijk maar gewoon. Maar Mariska's moeder had jouw stem op de radio herkend, en je schijnt gezegd te hebben dat Samir jouw vriend is. Daarom gelooft Mariska het wél. En Anouk heeft jullie ook zien zoenen in de fietsenkelder.

Dus het was niet alleen Ricardo. Ik denk dat morgen iedereen het weet. Dat jij met Samir hebt en dat jullie het doen.'

'Nee,' fluisterde Sabah.

'Wij geloven het niet hoor, Gül en Esin en ik. Samir is achterbaks genoeg om dat rond te vertellen, maar...'

'Het is niet waar,' fluisterde Sabah. 'Het is gewoon niet waar.'

'Dat weet ik toch wel,' zei Semra. 'Een beetje vrijen, oké, dat doen zoveel meisjes. Maar echt neuken – dat geloof ik niet hoor!'

Sabah schudde haar hoofd.

'Dat bedoel ik niet. Ik bedoel dat Samir dat niet rondverteld heeft. Dat kan niet. Zo is hij niet.'

Semra keek haar medelijdend aan.

'Het spijt me echt vreselijk, Sab. Ik had het je liever niet verteld, echt waar. Ik had ook liever dat het niet gebeurd was. Maar ik vond wel dat je het moest weten.'

'Maar het is niet waar!' riep Sabah machteloos. 'Ik weet zeker dat Samir zoiets niet...'

Semra schudde haar hoofd. Haar gezicht stond bedroefd. Een die-arme-Sabah-kan-de-werkelijkheid-niet-aan-gezicht.

'Ik zag Ricardo vanmiddag bij de notenbar, waar Mariska werkt, weet je wel? Ricardo had het zelf van Ahmed, dat Samir had staan opscheppen over jullie, en dat is zijn beste vriend.'

Semra at op haar gemak nog een koekje. Sabah kon het niet aanzien.

'Face it, Sabah,' zei Semra. 'Daarom ben ik het je nu komen vertellen. Dat je je er op kunt voorbereiden.' Smak, smak, smak.

'Je kunt beter naar huis gaan,' zei Sabah toonloos.

Semra stond op. Kruimels vielen op de vloer die Nur en Sabah een paar dagen geleden hadden schoongemaakt.

Dansend met de stofzuigerstang, omdat het leven er toen zo prachtig uit had gezien.

'Weet je zeker dat je het redt?' vroeg Semra. 'Ik wil gerust blijven hoor. Mijn ouders denken toch dat ik bij Esin ben.'

Maar Sabah geloofde opeens niet meer in die bezorgdheid van Semra. Ze gooide haar eruit en ruimde met tranen in haar ogen de theespullen op. De overgebleven koekjes – oud en muf – verkruimelde ze op de vensterbank voor de mussen. Ze bleef doelloos in huis rondhangen. Ze wist niet hoe ze Nur onder ogen moest komen.

Samir had haar verraden. Ricardo zou dat niet zomaar verzinnen, daar had hij geen belang bij.

Samir was te laf geweest om met haar te vrijen, maar erover opscheppen kon hij wél. Tegenover haar deed hij alsof hij haar respecteerde. Maar achter haar rug maakte hij haar zwart. Wat voor woord had hij gebruikt? Slet? Hoer?

Haar ouders hadden gelijk gehad. Je kon een *mokro* niet vertrouwen.

Met een schok drong het tot haar door waar Semra voor gewaarschuwd had: dat haar ouders er ook van zouden horen. Hoe moest Sabah hun ooit duidelijk maken dat er niets gebeurd was? Had ze maar nóóit op de radio verteld dat ze het met hem wilde doen! Hoe had ze zo achterlijk kunnen zijn! Ze had zich erin laten luizen door die Marlies met haar schijnheilige gezicht.

Die had natuurlijk geen idee wat ze had aangericht. Voor een Nederlands meisje was het geen schande. Sabah had vaak genoeg met verbazing naar Floor zitten luisteren, die vierdeklasser, die zich er niet voor schaamde dat ze het met Daniël deed. Ze leek er zelfs wel trots op dat ze geen maagd meer was. Maar voor haar, Sabah, betekende hetzelfde een ramp. En ze hád niks gedaan! Ze had alleen maar een grote mond gehad tegenover een Nederlandse verslaggeefster. Nog een geluk dat de regionale zender niet in trek was bij de Turkse gezinnen in Wijk Noord!

Ze waste haar gezicht met koud water en liet het opdrogen op het balkon, in de snijdende wind. Nur zou zich wel afvragen hoe ze aan die rode kop kwam. Maar alles beter dan een huilgezicht.

Ze had zoveel van hem gehouden dat ze haar reputatie op het spel had willen zetten. Maar Samir had het zó cool gevonden om met haar op te scheppen, zó graag stoer willen doen tegen zijn vrienden, dat hij schijt had gehad aan die reputatie van haar.

Sabah had Samir vertrouwd, haar geheimen verteld. En Samir had erop gespuugd.

Aan verdriet had ze niks. Boos was ze, boos wilde ze zijn! Wraak nemen. Hem laten zien wie hij dacht te kunnen dissen... Ja, wraak nemen! Als ze broers had gehad, hadden die het voor haar kunnen opknappen. Ze lachte grimmig. Eerwraak, waarover je op het nieuws hoorde, met pistolen en bloed... Maar ze had nu eenmaal geen broers.

Opeens lachte ze.

*O nee? Heb ik geen broers? Wie zegt dat?*

Ze pakte de telefoon. Semra zou nu wel weer thuis zijn. Met haar hulp en die van Esin en Gül zou het zéker mogelijk zijn...

# Eerwraak

Maandag al gonsde het door de school: de broers van Sabah Kaya zaten achter Samir Saoudi aan. Ze hadden een jongen van het vmbo gevraagd of hij aan een vuurwapen kon komen... Die laatste roddel bereikte de gangen van het Rhijnvis Feith via Ricardo, die vrienden had op het vmbo. Ja, ook Nur had haar werk goed gedaan. Zelfs op het vmbo wisten ze nu dat de jongens Kaya eropuit waren de naam van hun zusje te wreken.

Dat niemand die jongens Kaya persoonlijk kende, scheen niet uit te maken. Men zei dat ze gevaarlijk waren. Dat was genoeg.

Samir zat in de klas als een levend lijk. Sabah keek met genoegen naar hem. Mooi zo. Hij voelde zich schuldig, dat was duidelijk. Hij wás schuldig, en dat betekende dat ze boos op hem kon blijven. Zolang ze boos was, hoefde ze niet verdrietig te zijn.

Maar ze schrok zich het apezuur toen ze uit het raam van het geschiedenislokaal keek en een politieauto voor de school zag stoppen. Er kwamen twee agenten en een rechercheur uit, die rechtstreeks naar de hoofdingang liepen. Sabah voelde het bloed wegtrekken uit haar hoofd. Had ze het overdreven? Kwamen die mannen de schoolleiding waarschuwen voor de ophanden zijnde eerwraak op een vijfdeklasser?

Met al die nare dingen in het nieuws tegenwoordig had je best kans dat ze het gerucht dat Sabah had verspreid serieus namen. Dat de politie nou echt dacht dat er twee of drie Turkse jongens met een pistool rondslopen om Samir te vermoorden... Maar dan wisten ze waarschijnlijk ook dat Sabah ermee te maken had! Er kwam iets bitters in haar mond en ze slikte verwoed. Zouden die politiemensen haar komen ondervragen?

Vijf ondraaglijke minuten zat Sabah misselijk van angst te wachten. Toen kwamen die twee petten, samen met de rechercheur en de directeur, langs hun lokaal. Sabah kneep haar ogen dicht. Ze voelde hoe Semra in haar arm kneep, hard, maar de pijn drong niet tot haar door. *Nee! Loop door!*

Toen ging de deur toch open. Alleen de directeur en de rechercheur kwamen binnen; de agenten wachtten op de gang. Sabah, die links vooraan zat, hoorde de directeur tegen Augustijn zeggen: 'Vervelende toestand... Het gaat om Samir Saoudi... Niet dat hij nou direct verdacht wordt, maar hij moet toch mee voor verhoor. Het spijt me, maar de heren staan erop.'

Sabah zag hoe verbijsterd Augustijn keek. Ja, die schrok natuurlijk ook – Samir was haar knuffel omdat hij altijd zulke goede cijfers haalde. Toen noemde de directeur hardop Samirs naam en Sabah kromp in elkaar.

Hij moest mee. De jongen over wie zij op de radio had getetterd dat hij haar vriend was, werd opgehaald door de politie. En het was nog haar eigen schuld ook. Als haar vader, bij al het andere, dát te horen kreeg...

Ze maakte een beweging om op te staan. Dit was het moment om toe te geven dat ze helemaal geen broers had.

Maar Semra greep haar arm.

'Niet doen!' zei ze. 'Laat hem maar bloeden!'

Met kurkdroge mond zag Sabah hoe ze Samir meenamen. Tussen de rechercheur en de directeur in, de agenten er vlak achter. Alsof Samir de misdadiger was! Smalle schouders had hij, vergeleken bij die mannen...

*Mijn schuld. Ik heb hem dit aangedaan.*

Semra giechelde en Sabah had haar bijna een klap gegeven. Weer probeerde ze op te staan. Augustijn zag het.

'Waar ga jij heen?' vroeg ze.

'Samir... ik moet naar hem toe.'

Augustijn glimlachte.

'Je trouw is hartroerend...'

De klas lachte, veel te hard. Een collectieve zenuwen-
lach.

'...maar dit gaat jou niet aan. Nee, zitten blijven, Sabah.
Vertel ons maar eens wat jij denkt dat de bedoelingen
waren van generaal Rommel in de woestijn.'

Die Rommel interesseerde Sabah geen klap.

'Maar... mijn broers! Ik moet...'

Augustijns mond werd een smalle streep.

'Jouw broers kunnen zich ongetwijfeld zelf wel redden.
En als zij ook bij deze nare zaak betrokken zijn, dan denk
ik dat je ze het beste helpt door je mond te houden. We
kennen jou hier op school allemaal als een prettige leerling. Hou dat zo.'

Weer werd er om de een of andere reden gelachen.
Ahmed, de etter, lachte overdreven hard, als om te bena-
drukken dat hij een heel eigen opvatting had van 'prettig'.
Ze haatte Ahmed, die de praatjes over haar verspreid had.

Vinnig draaide ze zich naar hem om. Hij zat onderuit-
gezakt, zijn arm over de leuning van Mariska's stoel.

'Hou je bek of ik sla hem dicht!' gilde Sabah.

Van pure verbazing bleef Ahmeds mond juist openhan-
gen, midden in een lachhik die hij niet afmaakte.

Het was opeens doodstil in de klas. Met een griezelig
lage, zachte stem zei Augustijn: 'Ga maar jij. Naar de
adjunct – want de directeur heeft op dit moment zijn handen vol aan je vriend.'

*Mijn vriend.*

Dus zelfs de leraren wisten ervan. De schaamte was té
erg. Met gebogen hoofd pakte Sabah haar tas in. Zweet
prikte onder haar hoofddoek. Haar handen waren klam en

haar etui gleed op de grond. De klas bleef al die tijd onnatuurlijk stil terwijl Sabah ernaar grabbelde, hem onhandig bij de rest in haar tas propte, naar de deur stuntelde. Allemaal keken ze naar haar: Semra en Esin en Gül en Roos en Mariska en Anouk en Dunya en Ricardo en Ahmed en Dennis en – allemaal, in doodse stilte, keken ze toe hoe Sabah waardig de klas uit probeerde te komen. Ze kon haar ene voet nauwelijks voor de andere krijgen. Maar op de een of andere manier haalde ze de deur.

Ze probeerde zo zacht mogelijk te lopen in de gang. Maar toch werden er in sommige lokalen hoofden gedraaid om haar na te kijken.

*Daar gaat Sabah Kaya, je weet wel, dat meisje dat het met Samir Saoudi heeft gedaan...*

De deur van de directiekamer was dicht. Erachter hoorde ze mannenstemmen. Streng.

Ze liep er voorbij.

Wraak nemen was het stomste wat ze ooit in haar hoofd had gehaald.


In de kantine waren alleen een paar brugklassertjes die ijverig huiswerk zaten te maken. Dat meisje dat verliefd was op Samir zat er ook bij. Nou, ze mocht hem hebben.

Sabah deed haar tas open en keek besluiteloos naar haar boeken. Straks Frans... ze had niets aan haar huiswerk gedaan. Maar ze zou haar gedachten er toch niet bij kunnen houden. Frans deed haar alleen maar denken aan Samir. Hoe had hij haar zó kunnen verraden! Ze had gedacht dat wraak nemen zou helpen. Maar dat had het alleen maar erger gemaakt. Al haar herinneringen, al haar dromen waren in één klap niets meer waard. Ze zou nooit meer een Frans boek open kunnen slaan zonder aan hem te denken. Aan zijn verraad. Aan haar verraad.

Ze merkte dat ze zat te huilen en haalde haar neus op.

Kon ze maar naar huis gaan. Maar Nur was op maandag altijd vroeg vrij, en die zou het door hebben als Sabah haar eigen huis binnenging. Ze zou haar komen troosten. Alles willen horen wat er was gebeurd – Nur had er tenslotte genoeg moeite voor gedaan. Ze zou genieten van de sensatie die ze hadden veroorzaakt – politie op school!

Nee, naar huis kon ze niet. En dat stomme kind zat nieuwsgierig naar haar te staren, dat kleurpotloodje van de debatingclub. Van de weeromstuit begon het jochie met wie ze was Sabah ook aan te gapen. Brutaal ventje in een strakke rode broek. *Heb ik wat van je aan, homo!* Sabah snoof en stond op.

Ze was nergens veilig! Zelfs die jonge kinderen wisten er al van. *Daar heb je die hoer van Samir...*

Zonder te weten waar ze heen ging, liep Sabah door de gangen. De deur van de directiekamer ging open, een van de agenten kwam naar buiten – nee! Radeloos keek ze om zich heen. Samir mocht haar niet zien! En als die agenten nou háár moesten hebben... Haar blik viel op het bordje naast de dichtstbijzijnde deur: 'vertrouwenspersoon'. Ze deed nog een beetje of ze klopte en viel meteen de kamer binnen.

'Zo!' zei een gezette vrouw die Sabah weleens had zien lopen. 'Dat is dringend geloof ik!' Het klonk vriendelijk, uitnodigend bijna. Maar de vrouw was niet alleen, de adjunct zat naast haar met een map voor zich op tafel. Aha! Dus zó vertrouwelijk waren de gesprekken met die zogenaamde vertrouwenspersoon! De schoolleiding werd meteen op de hoogte gesteld!

Maar Sabah kon niet meer terug, want ze hoorde de stemmen van de directeur en de politiemensen op de gang. Samir was er vast nog bij.

'Sorry,' stamelde ze. 'Ik...'

'Ik kom er morgen wel op terug, Malika,' zei de adjunct

terwijl hij opstond. 'Jij hebt andere dingen te doen.' Met een knikje naar Sabah ging hij de kamer uit. Sabah drukte zich tegen de deur. Met haar ogen dicht – alsof ze zo kon voorkomen dat Samir en die politiemensen haar zagen.

'Ga zitten,' zei de vrouw. Ze wees op een stoel.

'Nee, echt niet,' zei Sabah. 'Het was een vergissing. Ik kwam per ongeluk binnen, ik was alleen... op zoek naar de wc.'

De vrouw glimlachte.

'Natuurlijk. Die kun je na al die jaren nog steeds niet vinden. Ga maar zitten, ik bijt niet. Alleen om even op adem te komen, oké? Als je niks wilt vertellen, hoeft het niet. Thee?'

Ze was al bezig een plastic bekertje vol te tappen uit een thermoskan op een zijtafeltje. Aan alles was gedacht.

Sabah was nu eenmaal netjes opgevoed. Als iemand je thee aanbood, ging je zitten en dronk je die op. Ze ging zitten en pakte het bekertje aan. De geur van munt drong haar neus binnen.

'Ik ben Malika Benali,' zei de vrouw – ze stond suiker in haar eigen kopje te scheppen met haar rug naar Sabah toe. 'Een van de twee vertrouwenspersonen hier op school – maandag, dinsdag en woensdag kun je mij hier vinden. En jij bent?'

'Sabah Kaya,' fluisterde Sabah. Als een volwassene je naam vroeg, gaf je netjes antwoord... Ze voelde zich opgesloten.

'Goed,' zei mevrouw Benali. Ze draaide zich om en ging zitten. 'Dit zijn de spelregels: ik maak aantekeningen, maar alleen voor mezelf. Ik wil geen leerlingen door elkaar halen. Het gaat niemand wat aan wat tussen deze muren besproken wordt. Tenzij... maar daar hebben we het wel over als het nodig is. Begrepen?'

Ze hield op met in haar thee te roeren.

'Vertel het eens?'

Malika Benali. Sabah had het niet meteen begrepen, omdat de vrouw geen hoofddoek droeg, maar die naam – ze was een Marokkaanse. Hoe zou Sabah haar kunnen vertellen wat er aan de hand was? *Ik ben verliefd maar ik mag niet met Marokkanen omgaan van mijn ouders, en nu loopt die stommeling rond te vertellen dat hij me ontmaagd heeft en daarom heb ik denkbeeldige broers op hem afgestuurd... En nou is de directie bang voor eerwraak... Ja hoor!*

'Moeilijk hè,' zei mevrouw Benali.

Tien minuten later had Sabah alles verteld.

# Voorbij

'Joh, gek!' zei Nur. 'Dat had je nooit moeten doen! Dat krijg je op je brood, zeker weten.'

'Het is vertrouwelijk,' zei Sabah. 'Ze mag het niet doorgeven aan de directie. Alleen als het om strafbare feiten gaat...'

'O, en eerwraak is zeker niet strafbaar!' zei Nur. 'Ze vinden het bij jou op school zeker normaal als er jongens met pistools lopen te zwaaien.'

'Pistolen,' zei Sabah automatisch. 'Het was toch niet echt. En bovendien...'

Mevrouw Benali was tijdens het gesprek even weggelopen om bij de directie te gaan vragen of het bezoek van de politie iets met Sabahs verzonnen broers te maken had. En dat was niet zo.

'Bovendien kwamen ze daar niet voor. Die politiemannen. Ze...' Maar dat wilde ze Nur niet vertellen. Samir was niet verhoord omdat ze dachten dat hij het slachtoffer zou worden van eerwraak. Hij was verhoord als verdachte.

Malika Benali had natuurlijk niets losgelaten. Maar zodra Sabah weer uit het kamertje was gekomen – leeggehuild en knipperend tegen het gewoel in de volle gangen – had ze het overal om zich heen opgevangen. Iedereen had het erover. Samir had een scooter gestolen. Hij was gearresteerd. Hij moest naar de gevangenis.

Samir!

Als iemand Sabah drie dagen geleden had verteld dat ze na het weekend niets meer voor Samir zou voelen, zou ze diegene keihard hebben uitgelachen. Maar het was zo. Samir had haar zwartgemaakt en nu bleek hij nog een dief te zijn ook. Nu was zij, Sabah, de hoer van Samir S., de crimineel. Vanavond kwam het vast in het nieuws van de regionale omroep.

Ze hield niet meer van hem. Ze had van hem iemand gemaakt die hij niet was. Hij was gewoon een ordinaire Marokkaanse dief die toevallig een talenknobbel had. Die alleen maar niet stoer deed omdat hij zo miezerig gebouwd was. Maar die net zo hard probeerde te scoren bij zijn enge vrienden als elke andere jongen.

'Doet er niet toe,' zei Sabah. 'Ik ben toch niet meer verliefd op hem. Mijn vader had gelijk.'

'Dat maak je mij niet wijs,' zei Nur. Maar ze keek Sabah onderzoekend aan, en na een tijdje zag Sabah haar tot de conclusie komen dat het toch waar was. Sabah hield niet meer van Samir.

'Trek het je niet aan,' zei Nur. 'Jongens zat. Kom, dan gaan we naar de huiskamer. Kijken of er een coole gozer rondhangt op internet.'

En Sabah zei ja. Want het leven was kaal en kleurloos nu ze niets meer had om over te dromen.

Té kaal. Sabah kon de overgang niet aan. Vorige week was ze nog zo gelukkig geweest – ze had niet eens aan haar opa gedacht, die op sterven lag. En nu kon ze overal om janken. Om haar opa – hij was de vorige dag doodgegaan. Om de scheiding van haar vader en moeder. Omdat ze niet naar haar eigen huis en haar eigen kamer kon. Om Samir. Om de dromen die allemaal onzin waren gebleken.

Internet was een troost. Ze ging apart met een jongen die aardig leek. Een Nederlandse jongen. Maar het was toch niet serieus. Hij had geen webcam, maar hij zei dat hij haar een mailtje zou sturen met zijn foto.

De volgende ochtend checkte Sabah op school haar mail. Ja, er was een berichtje van lazioroma46. Sabah opende het en maakte hardop een braakgeluid. Zo'n lelijke puistenkop had ze nog nooit gezien. En zo'n domme grijns ook niet.

Hoe had ze kunnen denken dat ze op internet een vervanger voor Samir zou kunnen vinden! Dat waren toch allemaal suffe rukkers die niet op een normale manier aan een vriendinnetje konden komen!

Toen zag ze dat andere mailtje. Niet van iemand die de naam van een voetbalclub koos om zich achter te verschuilen, maar die gewoon zijn voor- en achternaam gebruikte. Samir Saoudi. Vreemd, dat ze hem daar op het politiebureau meteen de eerste dag al lieten mailen.

*Hey Sabah. Het spijt me wat ik gezegd heb, het ging per ongeluk, ik had het niet zo bedoeld.*

Kon dat?

*Je weet hoe dingen altijd erger lijken als ze worden doorgekletst.*

Ja, dat was wel zo. Zeker als Ahmed degene was die het doorkletste.

*Ik hoop dat je niet meer boos op me bent.*

Sabah merkte tot haar verbazing dat ze inderdaad niet meer boos was. Er begon zich een warm gevoel in haar borst te verspreiden. Kon het zijn dat Samir toch gewoon Samir was, gewoon háár Samir?

*En het spijt me ook dat ik gisteren met je broer gevochten heb, maar het kon niet anders.*

Gevochten met haar broer? Sabah kon haar ogen niet geloven. Samir had gevochten – dat was op zich al ongelooflijk. Maar gevochten met haar bróér! Dat kon dus helemaal niet. Met wie had hij dán gevochten? En waarom?

Ze schudde haar hoofd. Hier was iets heel raars aan de hand. Of Samir was doorgedraaid – dat kon best, in de gevangenis – of iemand had haar spelletje meegespeeld. Maar wie dan in 's hemelsnaam? Nur zou Halil toch niet op Samir hebben afgestuurd? Nee, dat zou ze wel gezegd hebben.

*Vanmiddag zit ik op de gewone tijd in de mediatheek. Ik hoop dat je komt.*

En zij maar denken dat hij opgesloten zat. Ze hadden hem dus gewoon laten lopen. Nou ja, logisch, ze hadden altijd cellen te kort. Hij zou later wel voor moeten komen.

Of... was dat van die scooter misschien ook helemaal niet waar? Gewoon een roddelpraatje. *Je weet hoe dingen altijd erger lijken als ze worden doorgekletst...*

Sabah had maar klakkeloos het ergste geloofd. Eerst dat Samir had opgeschept dat hij haar ontmaagd had. En daarna dat hij een dief was. Zonder het eerst aan hem te vragen. En dat noemde zij liefde!

Ze probeerde zich te schamen. Maar het warme gevoel gleed uit haar borst naar haar buik.

*Groeten van Samir*

Dat was minder. Kaal, nuchter. Maar toen ze het hele mailtje nog eens las, drong het tot haar door: Samir hoopte dat ze hem zou vergeven en vanmiddag wachtte hij op haar in de mediatheek.

Het was onmogelijk om er niet heen te gaan. Al was het maar om erachter te komen of hij die scooter nou wel of niet gejat had.

Het was de strenge die dienst had in de mediatheek en ze mochten er niet kletsen. Frans. Ze deden gewoon Frans. Samir had haar nog wel kunnen vertellen dat hij niks gedaan had.

'Dat wist ik wel...' loog Sabah. Hij hoefde niet te weten dat ze maar meteen klakkeloos had aangenomen dat hij had gestolen.

Toch was ze niet al te scheutig geweest met haar vergeving. Hij had het verdiend om een beetje te lijden.

Tenslotte dacht nu de hele school dat hij met haar maagdelijkheid was gaan strijken...

Maar hij keek zo ongelukkig dat ze medelijden met hem kreeg. Samir mocht dan goed zijn in leren, in het normale contact was hij toch een beetje een oetlulletje. Alsof hij niet helemaal snapte hoe het met andere mensen zat. Het was geweldig dat hij sorry kon zeggen – volgens haar moeder was dat godsonmogelijk voor een man. Maar over de mail was het niet zo'n kunst. Dat was gewoon lettertjes typen, je hoefde er iemand niet bij aan te kijken. Dat hij het daarbij liet, dat was dan toch weer behoorlijk zwak.

En hij bood niet aan haar naar huis te brengen.

*Omdat hij bang is.*

Het schoot door haar heen.

Bang voor haar vragen. Bang voor haar kritiek. Bang dat ze toch broers... oeps! Dat had ze nog helemaal niet rechtgezet! Ze holde achter hem aan.

Ze kon het niet helpen dat ze lachte toen ze zei: 'Ik vind het wel een eer dat je voor me gevochten hebt en zo, maar ik heb geen broers hoor.'

Hij zag er zó opgelucht uit dat ze alweer een beetje medelijden met hem had.

Toen ze naar de bushalte liep, dacht ze daarover na. Wanneer was ze opgehouden tegen hem op te kijken? De bewondering die ze altijd voor hem had gehad, al sinds ze in de tweede had gegniffeld om zijn eigenwijze opmerkingen tegen de leraar Nederlands, waar was die gebleven?

Daar fietste Samir Saoudi, die zó blij was dat hij niet werd achternagezeten door boze Turkse jongens, dat hij zijn fiets liet steigeren als een kleine jongen...

Nur deed de deur open nog voor Sabah had kunnen aanbellen.

'Je moeder heeft opgebeld. Je opa wordt morgen begraven. Ze komt aanstaande zondag terug. Mijn ouders gaan haar van het vliegveld halen. En wij mogen mee.'

Sabah merkte verbaasd dat ze daar blij om was. Wat raar. Ze had zich er zó op verheugd Samir mee naar huis te nemen! Maar er was natuurlijk wel wat veranderd. Bijvoorbeeld dat ze nu wist hoe het voelde om voor slet te worden aangezien...

'Jammer hè,' zei Nur. 'Het was net zo gezellig. Ik wou dat je mijn zusje was.'

'Ik...' Ik ook, had Sabah bijna automatisch gezegd. Dat was het antwoord dat Nur verwachtte. Maar het was de waarheid niet. Sabah vond het juist fijn om enig kind te zijn. Ze hield van de rust van haar eigen kamer. Ze werd moe van dat continue gebabbel van Nur.

'Ik ben toch wel blij dat mijn moeder thuiskomt,' zei ze, en ze deed of ze Nurs gekwetste blik niet zag. 'Zei ze nog wat over mijn vader?'

'Zei mama niets over. Maar ik heb niet het idee dat hij ook meekomt.'

'O,' zei Sabah. 'Nou ja.'

Het was een raar idee dat haar vader misschien voor altijd in Turkije zou blijven. Het was natuurlijk zijn land. Maar voor Sabah voelde het niet zo. Ze zou hem missen. Erg.

Ze gooide haar tas in een hoek en ging op haar buik op het logeerbed liggen.

'Huil je?' vroeg Nur. 'Toch niet nog steeds om die klojo van een Samir?'

*Kun je niet eens twee minuten je mond houden?*

'Nee. Om mijn opa. Ik heb hem niet eens goed gekend. Ik was een beetje bang voor hem en nu... nu wou ik dat ik vaker met hem gepraat had.'

'O. O ja. Het spijt me van je opa. Dat hij dood is en zo.'

*Als je niks zinnigs te zeggen hebt, hou je kop dan!*

'En Samir? Zit hij nog vast?'

Sabah kwam maar weer overeind. Ze zou toch geen rust krijgen. Ze schudde haar hoofd.

'Hé Nur... Halil heeft toch niet gevochten of zo hè?' Meteen toen ze het had gevraagd, had ze er al spijt van.

'Gevochten? Hoezo? Heb je iets gehoord dan?' Er kwam een dikke frons tussen Nurs wenkbrauwen. 'Halil gevochten?'

'Nee, nee, niks, dan is het goed,' zei Sabah gauw. Natuurlijk moest ze toen uitgebreid uitleggen waarom ze dat gedacht had. Nur vond het een geweldige grap dat Samir had moeten vechten met de broers die Sabah verzonnen had. Maar even later betrok haar gezicht weer.

'Als ik had geweten dat jij je meteen alweer zou laten lijmen!' zei ze. 'Dus je hebt hem maar meteen weer afgelebberd.'

'We hebben gewoon Frans gedaan,' zei Sabah. Soms wist ze niet wat vermoeiender was: tegen Nur ingaan of haar gelijk geven.

'Ja, sommigen noemen het Frans,' zei Nur. 'Je hebt het toch niet goedgemaakt?'

Sabah zuchtte.

'Ik heb geen zin om erover te praten.'

'Lekkere vriendin ben jij,' zei Nur. 'Na al die moeite die ik voor je gedaan heb.'

'Nur,' zei Sabah. 'Nu even niet, oké?'

En dat was natuurlijk het gemeenste wat ze had kunnen zeggen. Nu Even Niet – NEN. Wat Sabah en Nur altijd hadden gebruikt om aan te geven dat ze de volwassenen spuugzat waren...

'Sorry. Ik heb gewoon zó genoeg van alles,' zei ze.

'Nee hoor,' zei Nur. 'Je hebt niet genoeg van alles. Je hebt genoeg van mij. Nou, dat is wederzijds. Ik zal blij zijn als jij weer naar huis kunt. Ik wou dat je nu al oprotte. Ik kan mijn kont niet keren in mijn eigen kamer.'

Sabah staarde haar aan.

Nur staarde terug. Hard. Gemeen.

Gekwetst.

Toen kwam Sabah tot bezinning.

'Onzin. Laat me maar even, Nur. Ik heb gewoon de pest in omdat... ik genoeg heb van Samir. Dat laffe gedoe. Maar dat wil ik nog niet toegeven.'

Toen moest Nur lachen. Maar het klonk niet van harte.

'Dus dat is voorbij?' vroeg ze.

'Denk het wel,' zei Sabah.

'Goed zo. Het kon toch niks worden.'

Maar op dat moment dacht Sabah precies datzelfde over de vriendschap tussen haar en Nur.

*Als wij niet toevallig naast elkaar woonden, waren we nooit vriendinnen geworden.*

# Sabahs sporen

Samir leek ervan uit te gaan dat alles nu weer koek en ei was tussen hen. Sabah speelde het spelletje half en half mee. Maar ze wist dat er iets onherstelbaar kapot was. Want ze had over hem nagedacht. Over zijn angst voor haar zogenaamde broers. (In werkelijkheid had hij met wildvreemde jongens gevochten – wat een giller!) Hij was écht bang geweest voor eerwraak! Uit wat voor familie dacht hij eigenlijk dat ze kwam? Dacht hij soms dat ze een stelletje achterlijke boeren waren, recht van het Turkse platteland? Ze besefte dat Samir net zo veel vooroordelen had als haar vader. En van haar vader vond ze dat bekrompen en dom. Dus wat was Samir dan?

Het viel haar nu ook op dat hij steeds vaker met Ahmed praatte, aan wie hij zogenaamd een hekel had. Ahmed had hem zelfs geholpen bij dat gevecht met die Turkse jongens. Over Ahmed werd gezegd dat hij wiet dealde. Ze herinnerde zich wat Semra had gezegd: *en dat is zijn beste vriend...* Ze had gemeend dat die opmerking op Ricardo sloeg. Maar ze had zich vergist dus. Samir was dikke maatjes met die halve crimineel.

Nee, daar had Nur gelijk in: het zou nooit iets kunnen worden. Maar Sabah besloot Samir nog één kans te geven. Ze zou hem testen, zonder dat hij dat wist. Dan kon hij laten zien of hij de dappere, bijzondere jongen was waarvoor ze hem gehouden had, of de laffe schijterd die hij naar ze nu vermoedde eigenlijk was...

Zodra ze haar plan had gemaakt, werd ze zenuwachtig. Zou ze het durven? Maar tegelijk was ze vastbesloten.

Donderdag in de pauze ging ze naar hem toe. Ze voelde het bloed kloppen onder haar oren, maar haar stem klonk gelukkig vast toen ze zei: 'Hé, Samir. Vanmiddag geen Frans. Ik heb een ander plannetje.'

Ze zag hem schrikken. Hij deed gauw een paar stappen bij zijn vrienden vandaan. Maar Sabah merkte best dat Ahmed toch nieuwgierig hun kant uit keek.

'Kom bij mij theedrinken.' Ze keek hem doordringend aan. Hij keek schichtig om zich heen en stond met twee handen aan zijn shirt te frunniken. Was dat nou de geweldige Samir?!

Ze besloot er nog een schepje bovenop te doen.

'Mijn moeder wil je leren kennen.'

Hij schudde zijn hoofd als een paard in paniek.

'Ik weet niet of je het weet,' zei hij met een vreemde piepstem, 'maar ik ben dus wel Marokkaans.'

Sabah lachte wrang. *Schijtbak.*

'Ja en?'

Hij was zo nerveus dat hij moeite had met praten.

'Je weet best wat en. Je weet best wat ik bedoel.'

'Nee, wat dan?'

*Zeg het. Zeg het hardop.*

'Turkse ouders zitten niet op Marokkaanse vriendjes van hun dochters te wachten.' Hij hijgde ervan. Hij keek opzij en zijn blik volgde een mooi meisje met roodachtig haar dat met bijna dansende passen het schoolplein overstak. Er schoot een flits van verlangen over zijn gezicht.

Toen begreep Sabah de waarheid. Samir was niet bang voor haar ouders – hij was bang voor háár. Voor haar verliefdheid. Hij wilde Sabah helemaal niet! Hij was alleen maar vriendelijk geweest. Hij geilde op types zoals dat daar – minirok, halfblote borsten. Voor hem was Sabah niets anders dan – wat had hij ook alweer gezegd? Een hoofddoektrutje.

Ze was een ongelooflijke koe geweest.

Maar dan was hij een schoft. Om haar zo in de waan te laten! Hij had nota bene met zijn handen onder haar topje gezeten, terwijl hij niet eens wat voor haar voelde! Sabah bloosde als ze eraan terugdacht. Niet uit preutsheid, maar van woede.

Hij verdiende het gestraft te worden. Ze snapte nu wel dat hij heus niet bij haar op de thee zou komen. Ze zou niet de kans krijgen om te zien hoe hij reageerde als ze hem in het lege huis mee naar haar kamer nam. Ze had niets te verliezen.

'Túrkse ouders?' zei ze. 'Bedoel je míjn ouders? Je kent mijn ouders helemaal niet. En zij kennen jou niet. Dus hoe kun je nou weten wat ze van je vinden?'

Ze genoot ervan hem te zien zweten.

'Daar moet je dus eerst achter komen.'

Paard in paniek? Muis in paniek!

Sabah had nu geen medelijden meer.

'Dus je gaat vanmiddag mee?'

Hij wilde iets zeggen, maar het lukte hem niet. De muis was zijn stem kwijt. Sabah bleef rustig staan kijken terwijl hij naar adem hapte.

'Nee,' zei hij ten slotte. 'Sorry.'

Sabah knikte. Hij had het toegegeven. Dat was oké. Nu kon ze tenminste nog een béétje respect voor hem hebben.

'Daar was ik al bang voor,' zei ze tevreden. Opeens zag hij er zo hulpeloos uit dat ze hem toch bijna weer aardig vond. 'Sorry,' zei ze zelf ook. Maar dat had ze niet moeten zeggen – ze had er eigenlijk geen spijt van dat ze zo gemeen was geweest. Hij verdiende het, met zijn 'Turkse ouders'.

Ze draaide zich om.

'Vergeet het maar,' zei ze. 'Vergeet alles maar. En ook de Franse les. Ik red het eigenlijk best alleen.' En voor de ogen van Ahmed en Dennis en Mo liet ze hem staan. Ze stak het schoolplein over naar de hoofdingang, net zo zelfverzekerd als die rooie slettenbak daarnet.

*Dag Samir. Veel geluk verder.*

Toen Nurcan Kaya de trap afdaalde naar de hal met de bagagebanden en enthousiast in hun richting zwaaide, keken Sabah en Nur elkaar verbijsterd aan. Ze hadden haar eerst niet eens herkend. Sabahs moeder droeg geen hoofddoek en haar haar was geknipt in een chic, modern kapsel.

'Ik heb nog een dagje Istanbul gedaan,' zei ze in de auto ter verklaring. Ze praatte vooral tegen Nurs moeder. 'Het was heerlijk om de stad terug te zien! Het is er zó veranderd – net Parijs. O, Meryem, ik wou dat je erbij geweest was! Wat zouden we een plezier hebben gehad!'

Nurs vader, achter het stuur, bromde en kuchte. Sabahs moeder bond in. Gelukkig maar – Sabah schaamde zich dood.

Thuis werd alles algauw weer gewoon. Binnen een week deed haar moeder weer een hoofddoek om als ze de straat op ging. Dat was nou eenmaal de normale dracht onder de vrouwen die de flats van Wijk Noord bevolkten...

'Ze roddelen al genoeg,' zuchtte Nurcan tegen Sabah.

Drie keer per week nam ze de bus naar de stad voor haar cursus Nederlands. Sabah moest steeds vaker koken. Met de schoolexamens erbij had ze bijna nooit meer tijd voor Nur en haar andere vriendinnen. Maar Nur was de enige die daarover klaagde. Semra en Esin hadden het zelf druk.

Op een ochtend werd Sabah aan haar mouw getrokken door – hoe heette ze ook weer – Malika Benali. De vertrouwenspersoon. Sabah bloosde – ze had er zo'n spijt van dat ze haar hele verhaal aan die vrouw had verteld. Vooral nu ze niet eens meer verliefd was op Samir. Maar toen mevrouw Benali haar uitnodigde om even binnen te komen, kon ze natuurlijk niet weigeren.

'Ik wil me nergens mee bemoeien,' zei de vertrouwens-persoon. 'Je mag het gerust naast je neerleggen. Maar ik weet toevallig dat ze in het nieuwe wijkcentrum in Wijk Noord iemand zoeken om een EHBO-cursus te geven. Eerste hulp en veiligheid in huis.'

Ze schoof een briefje met een adres naar Sabah toe. Sabah wierp er een blik op. 'De Wijkplaats' stond erboven.

'Ik weet niks van EHBO,' zei Sabah verbaasd.

Mevrouw Benali glimlachte.

'Ik dacht aan je moeder. De cursisten zouden vooral allochtone vrouwen zijn. Turkse vrouwen voor het merendeel. Als de lessen worden gegeven door een andere Turkse vrouw, is de drempel lager, is de verwachting. En bovendien zou de taal niet zo'n probleem zijn.'

'Mijn moeder doet nou de cursus voor oudkomers,' zei Sabah trots. 'Nederlands dus.'

'Des te beter dan,' zei mevrouw Benali. 'Voor je het weet is ze opgeklommen tot wijkverpleegster.'

Sabah keek haar verbaasd aan.

'Ik dacht dat u er was om de léérlingen te helpen,' zei ze.

Mevrouw Benali lachte raadselachtig.

'Soms moet dat via een omweggetje,' zei ze. 'Hoe zit het met die jongen? Zijn de moeilijkheden opgelost?'

'Helemaal,' zei Sabah. Ze ging rechtop zitten. Ja, dat had ze toch maar mooi zelf opgeknapt!

Ze grabbelde het briefje van tafel.

'Dank u wel,' zei ze.

'Laat je moeder maar op donderdag of vrijdag langsko-men. Dan ben ik er ook. En ik zal meteen maar waarschu-wen: ik zit in de sollicitatiecommissie.' Ze grinnikte om Sabahs verbaasde gezicht. 'Ik beloof niks hoor!' Haar toon zei het omgekeerde: dat het wel goed zou komen met die sollicitatie.

Maar haar moeder dacht daar heel anders over. Toen Sabah haar tijdens het eten het briefje gaf, wilde haar moeder het niet eens aanpakken. Ze liet het op tafel liggen alsof het vol bacteriën zat.

'Ik denk er niet over! Ze lachen me uit! Mijn kennis is verjaard – het is zeventien jaar geleden dat ik als verpleegster heb gewerkt. Ze zien me aankomen!' Opeens keek ze Sabah wantrouwend aan.

'Hoe kwam dat mens erbij om mij te vragen? Ze kent me toch helemaal niet?'

Sabah kauwde langzaam om geen antwoord te hoeven geven. Er zat niets anders op dan te liegen. Anders moest ze het hele verhaal vertellen, van Samir, van de roddels over Sabahs maagdelijkheid en van de eerwraak die ze verzonnen had. Dan zou haar moeder zich zo schamen dat ze zelfs niet meer lángs dat wijkcentrum zou durven lopen, laat staan er solliciteren.

Eindelijk slikte ze.

'Ik denk dat *baba* een keer op een formulier heeft ingevuld dat je verpleegster bent,' zei ze. 'En ze zoeken een Turkse.'

'Nou, dat is ook nieuw!' mompelde Nurcan Kaya. 'Zei ze voor hoeveel dagen het is?'

'Nee,' zei Sabah, 'maar ze zei wel dat je misschien wijkverpleegster zou kunnen worden als je Nederlands eenmaal beter is.'

Langzaam en nadrukkelijk en met een zwaar accent zei haar moeder toen: 'Goe-den-mid-dag. Ik ben Nurcan Kaya. Ik ben ver-pleeg-ster. Ik spreek goed Ne-der-lands.' Sabah kon er niets aan doen, ze proestte het uit. Haar moeder lachte mee.

'Nou?'

'Hartstikke goed!' zei Sabah.

Haar moeder pakte het briefje op en bestudeerde het adres.

'Dat is hier vlakbij.'

'Weet ik,' zei Sabah. Ze grinnikte. 'Je hoeft alleen mijn voetsporen maar te volgen.' Ze vertelde dat ze per ongeluk over het pas geverfde bord was gelopen. Ze zei er niet bij dat ze toen te verliefd was geweest om uit haar doppen te kijken.

'Ga je dan donderdag?'

'Goed,' zei haar moeder. 'Donderdag volg ik mijn dochters voetsporen.'

'Kijk maar uit,' zei Sabah. Ze wou gewoon haar moeder nog eens horen lachen.

# Vjee

Ze gingen samen naar het gloednieuwe wijkcentrum, want uiteindelijk durfde Sabahs moeder toch niet alleen. Sabah vroeg zich af hoe dat voelde: nergens binnen te durven gaan. Voordat haar vader was vertrokken, had haar moeder amper de straat op gedurfd. Solliciteren was al eng genoeg, tenminste, Sabah zou verlamd zijn van zenuwen. Maar haar moeder durfde niet eens alleen het gebouw binnen.

Het wijkcentrum lag op de begane grond van het gebouw waarin de dependance van de bibliotheek zat. De Thuiszorg zat er ook en in de hal was, tegenover een koffiebalie, een hangplek voor bejaarden. Alles glom nog van de nieuwe verf. Sabah liet haar moeder staan en vroeg bij de balie naar mevrouw Benali. Ze werden verwezen naar een halletje verderop, waar de officiële receptie was.

Maar Malika Benali was niet aanwezig. Sabah vertaalde het verslagen voor haar moeder (die het trouwens al begrepen had). Wat nu? Ze hadden alleen die ene naam.

'Kan ik jullie misschien helpen?'

Sabah keek op, recht in het gezicht van de jongen met de vliegenierspet. Hij had hem ook binnen op. Ze glimlachte dunnetjes. Zou hij haar herkennen?

'O, jij bent het!' Hij stak zijn hand uit. 'Het meisje met de blauwe voeten.' Hij gaf Sabahs moeder ook een hand.

'Vjee Vervelde. Ik ben de vrijwilliger van dienst. Uw dochter heeft me de vorige keer extra werk bezorgd door over een pas geschilderd bord te lopen, maar ik ben niet kwaad op haar.'

Sabah keek uit haar ooghoeken naar hem. Maakte die gast een grapje?

'Ze verstaat geen Nederlands,' mompelde ze. Ze wilde zich niet voor haar moeder schamen, maar ze deed het toch. 'We zoeken mevrouw Benali, maar die is er niet. Mijn moeder komt solliciteren voor de cursus EHBO. Maar we weten niet bij wie we nu moeten zijn.'

Vjee bleek daar alles van te weten. Hij coördineerde het cursusaanbod, zei hij. Hij nam hen mee naar een spreekkamertje en daar nam hij hun gegevens op.

'Het zou toch wel fijn zijn als je moeder Nederlands sprak,' zei hij.

'Ik leer Nederlands,' zei Nurcan Kaya opeens. 'Na paar weken ik spreek goed Nederlands.'

Vjee lachte. 'Mooi zo,' zei hij. 'Maar volgens mij is het misschien toch handiger als uw dochter voorlopig meekomt om te tolken.'

'Is ze dan aangenomen?' vroeg Sabah verbaasd.

'Er zijn geen andere kandidaten,' grijnsde Vjee. Als hij lachte, zag hij er leuk uit. 'Tenminste niemand met een verpleegstersdiploma. We hebben bijna dertig aanmeldingen, dat betekent drie groepen. Dus we zitten nogal omhoog. Als Malika je moeder gestuurd heeft, denk ik wel dat we het definitief kunnen maken. Maar wel op voorwaarde dat jij ook meekomt.'

'Hmm,' zei Sabah. 'Ik doe anders dit jaar eindexamen.'

Vjee haalde zijn schouders op. Dat moest 'dan niet' betekenen. Maar hij keek tegelijk zo smekend dat Sabah smolt.

'Oké dan,' zei ze. 'Voorlopig. En volgend jaar niet meer want dan ga ik studeren in Amsterdam.' Ze flapte het er zomaar uit. Alsof dat die Vjee iets interesseerde!

'Volgend jaar zijn we allemaal dood,' zei Vjee. Dat was een liedje, alleen citeerde hij het verkeerd. 'Over honderd jaar zijn we allemaal dood' moest het zijn. Sabah vond die Vjee maar een rare.

'Ik neem het wel op met Malika en als jullie niets meer horen, blijft de afspraak zo staan.' Hij schoof een contract over tafel. 'Maandag over een week de eerste les, 's avonds om acht uur.'

'Ben jij er dan ook?' vroeg Sabah. Ze was nu al bang om al die vreemde mensen onder ogen te komen.

Vjee keek haar glunderend aan.

'Jazeker. 's Maandags doe ik de bar. De andere groepen komen op woensdag en donderdag.' Hij gaf Sabahs moeder een kaartje. Er stonden dezelfde blauwe letters op als op het bord aan de gevel.

'Voor als er iets tussenkomt.'

Buiten griste Sabah haar moeder het kaartje uit de hand.

'De Wijkplaats', stond er, en het adres, en in het midden zijn naam: Olivier Vervelde. Dat was dan zeker Olivjee, op zijn Frans.

Sabah gaf het kaartje aan haar moeder terug

'Hij ziet er niet uit met die pet op,' zei ze, 'maar hij is wel aardig, vind je niet?'

'Ik heb een baan!' zei haar moeder verwonderd.

Een baan van drie keer anderhalf uur was natuurlijk lang niet genoeg om van te leven. Haar moeder kon geen uitkering krijgen zolang de scheiding nog niet geregeld was. Sabah merkte dat er niets meer overschoot voor extraatjes.

'Scheiden is te duur,' zuchtte haar moeder vaak. 'Meryem had me gewaarschuwd, maar ik moest het weer beter weten!'

'Je kunt nog terug,' zei Sabah. Ze miste haar vader. 'Hij komt wel weer thuis als je hem smeekt.'

Ze keken elkaar aan, haar moeder en zij. Kasim terug –

dat betekende weer eeuwig en altijd ruzie. Tegelijk schudden ze hun hoofd. Dan maar arm.

'Het komt wel goed,' zei Sabah, en ze hielp haar moeder
met het contract van de Wijkplaats en met het invullen
van de papieren voor de sociale dienst.

Opeens keek ze op.

'Hier wil ik dus mijn werk van maken,' zei ze plomp-
verloren. Haar moeder, die boven haar cursusboek voor
zich uit zat te staren, luisterde niet. Maar Sabah ging koppig door: 'Ik vind het leuk. Ik help er jou mee, en later help
ik er andere mensen mee. Ik wil echt naar die opleiding in
Amsterdam, *anne.*'

'Dat is goed kind,' zei haar moeder.

'*Anne*! Luister je wel?'

'Natuurlijk. Jij gaat naar Amsterdam om tolk te worden. En dan ga je andere sufferds zoals ik helpen, die dachten dat alles goed kwam als ze trouwden. Die zich op hebben laten sluiten met de stofzuiger en de wasmachine.
En...'

'Hou op! Het gaat nu dus even over míj, ja!'

Nu keek haar moeder haar eindelijk aan.

'Ik héb het toch over jou. Jij moet doorleren. Want ik wil
dat jij later voor jezelf kunt zorgen. Mijn dochter is te goed
om zich te laten slaan.'

Sabah boog haar hoofd over het formulier. Ze wilde
niets horen over slaan.

'Je kunt bij tante Meral in huis, die heeft een kamertje
over. En je krijgt de maximale studiefinanciering.' Dat
laatste zei haar moeder in het Nederlands. Sabah keek
haar stomverbaasd aan.

'Zo hé!' zei ze. 'Dat gaat hard met dat Nederlands van
jou!'

'Die talenknobbel heb je van mij geërfd,' knikte Nurcan
Kaya.

'Dus...' zei Sabah. Ze durfde het nog niet te geloven. 'Dus... Je vindt het goed?'

'Dat hebben we toch afgesproken,' zei haar moeder. 'Je vader weet er niets van, maar ik heb het collegegeld al jaren op een spaarrekening staan.'

Sabah wist niet wat ze hoorde.

Ze ging naar Amsterdam!

Ze wist niet bij wie ze terecht kon met dat geweldige nieuws. Nur wilde er niets van horen.

'Ik weet precies hoe dat gaat,' zei ze. 'Dan krijg je daar allemaal nieuwe vriendinnen en ik zie jou nooit meer.'

'Doe niet zo gek,' protesteerde Sabah.

Maar Nur bleef pruilen en daarna begon ze over Halil, die een baan had gevonden. Zijn ouders waren bij haar thuis komen praten. Nurs vader en moeder vonden het goed dat ze over twee jaar trouwden.

'Eerst sparen natuurlijk!' zei Nur opgewonden. 'Ik kan niet wachten. Als ik eerst maar mijn eigen huisje heb...'

'En wat ga je in de tussentijd doen?' vroeg Sabah.

'O, ik zoek een baan in een winkel of zo. Mode lijkt me wel wat, in een boetiek. Halil vindt het goed.'

'Leuk,' zei Sabah lauwtjes.

'Mijn eigen geld verdienen, tof man. Ik heb zulke coole laarzen gezien bij de Shoetiek. Maar duur! En die kan ik binnenkort dus gewoon kopen! En dat ene lingeriesetje dat we laatst zagen ook. Dat wil ik voor mijn huwelijksnacht.' Ze bleef even glimlachend voor zich uit staren. Toen zei ze: 'Je bent gek dat je nou weer naar een nieuwe school wil. Terwijl je geld zou kunnen verdienen!'

Sabah wist niet waar ze de gedachte vandaan haalde.

*Wacht maar tot je gescheiden bent – dan willen ze je echt niet meer hebben in een modezaakje.*

Hoe kwam ze zo onaardig? Nur en Halil waren het

ideale koppel. Die zouden heus niet zomaar uit elkaar gaan. Het moest door het gedoe tussen haar ouders komen dat ze zo somber was.

'Je bent jaloers,' zei Nur. 'Ik zie het aan je gezicht.'

'Nee...' zei Sabah, 'echt niet, ik...'

'Je gunt het me niet.' Nur kon echt zuigen als ze zin had. 'Sinds het uit is met die *mokro* doe je al zo.'

Sabah glimlachte weemoedig. Ze had al dagen niet meer aan Samir gedacht. Ze had zich in hem vergist – ze was verliefd geweest op een illusie. Het was echt over. Ze had de debatingclub ook opgegeven – maar niet omdat ze bang was om Samir tegen te komen. Ze zou er gewoon geen tijd meer voor hebben, nu ze drie avonden per week naar het wijkcentrum moest.

'Je bent een zuur oud wijf geworden,' zei Nur. 'Dat die jongen jou nou niet wilde – daarom mag ík toch nog wel gelukkig zijn!'

'Dat is het niet, echt niet, Nur. Ik dacht alleen...'

'Nou?'

'Als ik jou was zou ik toch liever een opleiding gaan doen. Je weet nooit. Dat zie je aan mijn moeder.'

Nur deed haar na: 'Als ik jou was, zou ik toch liever een opleiding gaan doen... Oud wijf!'

'Sor...' Sabah hield in. Nee. Ze meende het. Ze nam het niet terug. Voor het eerst had Sabah het idee dat haar moeder haar beter begreep dan haar beste vriendin.

'Halil houdt van me,' zei Nur. 'Dat gaat nooit over.'

Sabah zei maar gauw dat ze nog huiswerk had. Dat was trouwens ook zo. Frans – behoorlijk pittig nu ze het in haar eentje moest zien te klaren.

'Zie je wel dat je alleen maar jaloers bent,' zei Nur.

Vjee had de cursisten zó ingedeeld dat er in de maandaggroep alleen maar Turkse vrouwen zaten. Maandagavond merkte Sabah algauw dat ze helemaal niet nodig was, en ze glipte na een kwartier het klaslokaal uit. Achter de bar vond ze Vjee.

Hij glimlachte breed. Hij was echt knap als hij lachte – als hij die stomme pet maar af zou zetten.

'Briljant, al zeg ik het zelf,' zei hij.

Sabah keek hem niet-begrijpend aan. Vjee gaf ook geen uitleg.

'Colaatje?' Sabah knikte. Even later zaten ze te kletsen alsof ze elkaar al jaren kenden. Sabah vertelde hem van haar Amsterdam-plannen.

Vjee knikte.

'Dat heb je al verteld, slome.'

*Heb je opgelet dan?*

'Ik studeer zelf ook in Amsterdam. Ik ben er dit jaar even tussenuit omdat... noem het maar een sabbatical.'

'Wat is dat?' vroeg Sabah.

'Jaartje vrij,' zei Vjee. 'Andere dingen te doen.' Hij wilde er duidelijk niet meer over vertellen, en opeens vond Sabah dat jammer. Zoals ze het ook jammer vond dat er een eenzame bejaarde aan de bar kwam zitten die Vjee per se zijn hele levensverhaal wilde vertellen.

Even later stroomde de hele groep vrouwen het lokaal uit, haar moeder erachteraan, en ze bestelden allemaal iets te drinken, zodat Vjee zijn handen vol had. Hij wenkte Sabah.

'Kom me even helpen anders,' zei hij.

Dat wilde Sabah wel. Ze ging het klapdeurtje door en nam de bestelling van haar moeder op. Thee wilde ze. Natuurlijk: dat was het goedkoopste. Vjee en Sabah moesten steeds om elkaar heen in de krappe ruimte achter de bar en Sabah merkte dat hij een lekker luchtje op had. Hij maakte grapjes met haar terwijl hij haar uitlegde hoe het espressoapparaat werkte. Vjee was léúk!

Maar ze was niet van plan verliefd op hem te worden. Ze had wel genoeg verdriet gehad dit jaar.

'Volgende week maandag weer?' vroeg Vjee aan het eind van de avond.

'Goed,' zei Sabah toen toch.

# Lekker vies

Het werd vaste prik. Op woensdag en donderdag tolkte Sabah voor haar moeder, want dan kwamen er ook een paar Marokkaanse en een Nederlandse vrouw voor de cursus, maar op maandag hielp ze Vjee in de bar. Betaald werd ze daar natuurlijk niet voor, maar ze vond het leuk.

'Als je in Amsterdam een horecabaantje wilt, kun je zeggen dat je ervaring hebt,' zei Vjee. 'Geef mij maar als referentie op. Ik zal zeggen dat je de beste kracht was die we in jaren gehad hebben.'

'Wat kun jij overdrijven zeg!'

'De mooiste dan. Dat kun je niet tegenspreken.'

'De jongens uit mijn klas vinden me anders een hoofddoektrutje.'

*Waarom zeg ik dat nou weer?!*

Vjee keek haar peinzend aan.

'Daar hebben ze wel een beetje gelijk in,' zei hij. 'Maar volgens mij zie je er een stuk braver uit dan je bent.'

'Hoe weet jij dat nou!' riep Sabah uit. Vjee kon geen antwoord geven, want een van de hangbejaarden vroeg om een koffie verkeerd.

De klas ging uit en Sabahs moeder kwam op hen toe. Ze glimlachte. Dat kwam de laatste tijd steeds vaker voor. Een van de cursisten vroeg nog iets aan haar en Nurcan Kaya antwoordde als een echte lerares: geduldig, vriendelijk en op een geheimzinnige manier een heel klein beetje uit de hoogte. Sabah vroeg zich af hoe haar moeder zo had kunnen veranderen. Die nare snerpstem had ze al een hele tijd niet meer gehoord.

De vorige dag had haar vader opgebeld. Hij had zijn zaak

in Zuideroog aan Mamet verkocht. Hij dacht erover om in Konya iets te beginnen. Hij zou het nog wel laten weten.

Sabah had ook even met hem gepraat.

'Maar je komt toch nog wel af en toe naar Nederland?' had ze bijna huilend gevraagd.

Haar vader had haar gerustgesteld. En daarna had hij gezegd: 'Misschien haal ik jou wel hiernaartoe.'

De telefoon stond op de luidspreker en Sabah had haar moeder in paniek aangekeken. Maar die had geruststellend haar hoofd geschud.

Nu kwam Nurcan Kaya naar de bar toe lopen. Vjee tapte zonder dat ze het hoefde te vragen heet water in een kopje voor thee.

'Zullen we zaterdag even naar het strand?' vroeg Vjee aan Sabah.

Dat vroeg hij gewoon waar haar moeder bij zat! Was hij gek geworden? Schichtig keek Sabah opzij. Haar moeder zat peinzend met haar theezakje door het water te slieren en leek niet op te letten.

'Met jou?' vroeg Sabah. 'Alsof ik dat mag!'

'De vraag is of je het wílt,' zei Vjee onverstoorbaar. 'Wil je het? Zou je het leuk vinden? Lekker romantisch schelpen zoeken en een vuurtje stoken waar niemand het ziet? Ik kan marshmallows meenemen, heb je weleens marshmallows gepoft? Leuk man! Vies, maar leuk.'

Sabah kon geen antwoord geven. Natuurlijk zou dat leuk zijn. Iets uit een film. Maar niet iets wat in het echt ook kon. In het echt waren er ouders en school en huiswerk en roddelende buren...

Weer keek Sabah opzij naar haar moeder. Die keek niet langer peinzend voor zich heen. Ze keek Sabah aan. Alsof ze zelf ook nieuwsgierig was naar Sabahs antwoord.

'Heel leuk,' zei Sabah snibbig. 'Je weet best dat ik niet kan en je maakt me lekker voor niks.'

'Waarom kan het dan niet?' vroeg Vjee. Hij leek echt verbaasd; hij wierp zelfs een vragende blik op Sabahs moeder.

'Omdat ik een meisje ben en jij een jongen, oen, en omdat we geen familie van elkaar zijn en ook niet...' Er zat niets anders op, ze moest de zin wel afmaken: '...getrouwd. Jij weet ook niks.'

'Nou, dan trouwen we toch even.'

Sabahs moeder grinnikte.

'Jij spoort niet!'

Toen merkte ze dat Vjee en haar moeder allebei zaten te gniffelen en naar elkaar knipoogden. Ze zaten haar uit te lachen!

'Zaterdag is de winterbarbecue van het wijkcentrum,' zei haar moeder eindelijk. 'Kampvuren en marsmallows en warme chocolademelk. Ik ga er ook heen en...' Ze maakte een armgebaar om zich heen. 'En ongeveer iedereen die je hier ziet rondlopen.'

'O,' zei Sabah. Toen kreeg ze zin die grijns van Vjees gezicht te vegen. Of die domme pet van zijn kop te slaan. Ze haalde uit. Lachend natuurlijk.

Maar Vjee reageerde bliksemsnel en greep haar pols vast.

'Niks ervan,' zei hij. Hij glimlachte erbij. Maar hij was niet alleen maar vrolijk. Hij knéép.

'Beloof dat je zaterdag komt,' zei Vjee.

'Ik beloof het,' zei Sabah. 'Maar alleen als we eerst trouwen.'

Ze schrok zelf van die opmerking en keek blozend naar haar moeder. Maar die moest er alleen maar om lachen.

'Oké dan, als jij in het wit komt,' zei Vjee.

Zaterdag stond Sabah eindeloos voor de spiegel. Semra was eerst van plan geweest mee te gaan, maar op het laatste moment moest ze op haar broertje en zusje passen. Nur wilde niet mee.

'Barbecuen in de winter!' had ze gezegd. 'Díé zijn gek! En wat moet ik met die geestelijk gehandicapten van het buurthuis?'

Sabah trok haar witte broekpak weer uit – hij zou er te veel achter zoeken – en deed een gewone zwarte rok aan. Ze wurmde net haar hoofd door de hals van haar blauwe trui, toen er werd gebeld. Sabah hoorde haar moeder door de intercom praten.

Ze werden opgehaald door Malika Benali. Sabahs moeder was bezig dikke vriendinnen met haar te worden, waar Sabah knorrig van werd. Als haar moeder wel met Marokkanen mocht omgaan, waarom had zij het dan niet gemogen? Toen bedacht ze dat haar moeder het haar nooit verboden had. Het was haar vader geweest die moeilijk had gedaan over Samir.

'Ga maar vast!' riep Sabah. 'Ik kom eraan!'

Ze keek zichzelf aan in de spiegel. En opeens wist ze wat ze zou doen.

Niet om Vjee. Niet omdat hij Nederlands was, niet omdat hij haar, net als Samir, een hoofddoektrutje had genoemd. Dingen doen of niet doen omdat een jongen dat zei, dat wilde ze juist niet, dat was wat haar moeder jarenlang had gedaan. En kijk wat haar dat gebracht had. Een scheiding, en dat was nog het beste eraan. Sinds haar ouders uit elkaar waren, had Sabah haar moeder vaker hardop horen lachen dan in al die jaren daarvoor.

Iets doen omdat een man dat wilde, was achterlijk. Op die manier vroeg je erom. *Ik ben een ding, doe met me wat je wilt*, dat was de boodschap. *Verkracht me maar, sla me maar, sluit me maar op in de keuken.* Sabah voelde dat ze anders was. Ze wilde doen wat ze zélf besliste, zélf koos. En dat zou ze laten zien. Desnoods alleen vandaag, maar dan tenminste toch vandaag.

Vjee was bijzaak.

Toch?

Pas toen ze beneden de portieren hoorde dichtklappen, rende ze naar beneden. Zonder pauze gooide ze zich op de achterbank. Nu was ze toch zenuwachtig. Ze voelde zich bloot, kwetsbaar. Niet stoer en sterk, zoals toen ze nog voor de spiegel stond. Meer als een klein meisje dat iets stouts had gedaan. Ze hoopte nu opeens dat haar moeder niets in de gaten had.

Malika wel (ze moest nu Malika zeggen). Die draaide zich uitgebreid om en zoende Sabah vier keer op haar wangen, op de Marokkaanse manier.

'Staat je leuk,' zei ze.

Toen draaide Sabahs moeder zich natuurlijk ook om.

'O,' zei ze.

Verder niets. De hele weg naar het strand – over de Vissersplaatdijk, waar Sabah uit alle macht haar best deed niet aan Samir te denken – verwachtte Sabah dat er nog meer commentaar zou komen. Maar dat kwam niet. Malika parkeerde bij de strandopgang, waar het nu net als in de zomer blikkerde van de auto's, en ze liepen omhoog. Het was koud, ook al scheen de zon. De wind kietelde in haar oren. Zo koud!

Vjee zag haar meteen. Hij kwam tegen het duin op galopperen, als een jong paard. Een veulen.

'Ik wíst het wel! Ik wíst het wel!' riep hij. 'Je bent veel en veel mooier zonder hoofddoek!' Hij pakte haar hand en trok haar mee naar het strand, holderdebolder naar beneden. Bij het eerste het beste kampvuurtje, bleek in de winterzon, bleef hij staan en bromde in haar oor: 'En dat heb je natuurlijk voor mij gedaan, of niet?'

'Natuurlijk,' zei Sabah – op zo'n manier dat hij zou den-

ken dat het niet waar was. Het wás trouwens niet waar.
'Nou jij nog. Die pet staat je echt voor geen meter.'

Ze keek jaloers naar zijn zijflappen. Lekker warm. Ze voelde aan haar eigen oorschelp. IJskoud. Nu al. En haar haren waaiden ook elke keer irritant voor haar gezicht.

Vjee gaf eerst geen antwoord. Hij staarde naar de zee. Sabah trok aan zijn arm.

'Bent u daar nog?'

'Sorry,' zei Vjee. 'Wat zei je?'

Maar Sabah herhaalde haar opmerking niet.


Marsmallows waren – bruingebrand vanbuiten en ge-smolten vanbinnen – inderdaad vies. En lekker. En vies.

'Net als alle goede dingen in het leven,' zei Vjee. 'Seks en zo.'

Vjee bracht Sabah van haar stuk. Hij zei dat soort din-gen gewoon waar andere mensen bij waren. Maar het gekke was: daardoor durfde Sabah ook meer.

'Jij schaamt je echt nergens voor, hè!' zei ze. Ze waren een eindje naar de zee gelopen, bij de anderen vandaan. Onder dekking van het geluid van de branding konden ze vrij praten.

'Dacht je dat?' Hij keek haar met een vreemd lachje aan.

'O nee,' zei Sabah. 'Vergissing. Je schaamt je voor je hoofd.'

Vjee lachte niet. Hij schopte een schelp in het water.

'Terug waar je hoort,' zei hij.

'Want je durft je pet niet af te zetten,' zei Sabah.

'Ik ben verliefd op jou,' zei Vjee. 'Nog niet zo lang hoor. Vandaag pas. Of misschien sinds vorige week. En het gaat wel weer over. Maar vandaag ben ik verliefd op jou.'

Sabah hapte naar adem. De wind suisde langs haar blote oren. Misschien had ze het verkeerd verstaan.

'En jij?' vroeg Vjee. 'Denk je nog aan die ander?'

Sabah staarde hem aan.

'Die dag dat je blauwe voeten kreeg,' zei Vjee. 'Toen was je verliefd. Of was dat al op mij? Op het eerste gezicht?'

Sabah kon hem alleen maar aanstaren.

'Laat me niet lijden,' zei Vjee. 'Toe. Zeg dat je ook ver-

liefd bent op mij.'

Hij meende het echt.

'Je bent geen moslim,' zei Sabah schor.

'Moet dat dan?' vroeg Vjee.

'Nou... ja. Wel als je iets met mij wilt.'

'O, maar ik wil niks met jou. Ja, alleen een beetje neuken of zo. Maar verder niks.'

'Maar je bent verliefd op me!'

'Ja, vandaag wel. Net genoeg om te neuken. Zullen we naar die oude bunker gaan? Die is hier vlakbij.'

Sabah keek hem onderzoekend aan. Van een ander zou ze dat soort opmerkingen grof gevonden hebben. Ze zou meteen weggelopen zijn, hem nooit meer aangekeken hebben. Maar Vjee was anders. Die was een beetje gek. Of helemaal gek.

'Goed,' zei ze uitdagend. 'Maar alleen als jij je pet afzet.'

'Dan gaat het niet door.' Hij keek haar aan en lachte. 'Sorry.'

'Waarvoor?'

'Omdat ik je pest,' zei Vjee. 'Omdat ik je test. En ook sorry voor de rest.'

Sabah liet haar ogen vlammen. Ze mocht dan niet meer zo verlegen zijn, soms spraken je ogen de duidelijkste taal.

'Maar dat van dat verliefd, dat klopt wel,' zei Vjee. 'Kom, laten we teruggaan. Ik kan je moeders ogen in mijn rug voelen, hoofddoektrutje.'

'Viezerik,' zei Sabah. Opgetogen renden ze terug naar de vuurtjes en de muziek. Niet hand in hand, maar het voelde wel zo.

'Je bent gek op die jongen hè,' zei haar moeder de volgende dag terwijl ze strak naar *Het recht op geluk* bleef kijken.
Ze moest die soap volgen voor haar cursus Nederlands.
Sabah keek lekker elke avond mee. Zo kon ze tenminste
meepraten op school. Sinds haar vader weg was keken ze
veel minder vaak naar Turkse kanalen.

'Gelijk heb je. Vjee is echt een schat.'

'Hij is geen moslim,' zei Sabah.

Haar moeder zuchtte.

'Soms klink je echt net als je vader,' zei ze. 'Zo rechtlij-
nig. Tussen jou en de waarheid zit geen kiertje licht. Net je
vader.'

Sabah keek haar moeder verbaasd aan.

'Mag ik maandag zonder hoofddoek naar school?' vroeg
ze. *Sorry dat ik je test.*

'Hoor eens Sabah, ik ben je vader niet. Dat soort dingen,
daar bemoei ik me niet mee. Ze hebben mij mijn leven
lang gekoeioneerd. Doe dit, doe dat. Ik ga niet ook nog
eens mijn enige dochter het leven zuur maken.'

'En als hij me nou ontmaagdt?' vroeg Sabah. Ze hoorde
zelf dat ze echt precies klonk als haar vader. Drammerig.
Maar ze wilde weten waar ze aan toe was. Vjee had een verkeerde invloed op haar, dat was duidelijk.

Haar moeder zette het geluid harder. Sabah kon haar
bijna niet verstaan toen ze zei: 'Je dacht toch niet dat ik
nog maagd was toen ik met je vader trouwde, wel? Dat
maken we elkaar toch allemaal alleen maar wijs.'

Sabah stond op en ging naar haar kamer. Dat wilde ze
helemaal niet weten.

Of toch?

Vjee had ook een verkeerde invloed op haar moeder.
Nee, misschien was het Malika Benali. Die was al jaren
gescheiden en ze droeg geen hoofddoek.

Later die avond – de televisie in de huiskamer was verstomd en het geruis in de badkamer was weggestorven – rook Sabah aan haar vingers om erachter te komen of lekker altijd vies was. Ze vond eigenlijk van niet.

Maar ze was met Vjee in haar fantasie niet naar die bunker gegaan. Daar had Nur haar alles over verteld. Er lagen seksblaadjes en gebruikte condooms en vogellijkjes: daar was het echt smerig.

# Hamlapje

Zoals dat altijd gaat als je iets of iemand net hebt leren kennen, struikelde Sabah in de dagen die volgden over de mensen die Vjee kenden. Opeens leek het wel of ze overal zijn naam hoorde noemen. Hij had ook op het Rhijnvis Feith gezeten; twee jaar geleden had hij eindexamen gedaan. Hij had een band gehad met Stef, de vriend van Lotte, voordat die met de een of andere brugklasser Oliver's Army had opgericht. Vjee was de basgitarist geweest – dat hoorde ze Floor zeggen in de kantine, zomaar zonder aanleiding – en hij had ook liedjes geschreven, maar nu herinnerde alleen de naam van de nieuwe band nog maar aan hem.

Zelfs Nur bleek Vjee te kennen, tenminste van horen zeggen. Hij was het vriendje geweest van iemand in haar klas. Frederike.

Sabah haatte Frederike.

'Waarom vraag je daarnaar?' vroeg Nur. Uit gewoonte, en omdat ze niemand anders had om op zondagavond mee te praten, was Sabah even gaan nennen bij de buren. 'Wat moet je met hem?'

'We werken elke maandag samen achter de bar van De Wijkplaats,' zei Sabah.

'O, o.'

'Wat: o, o?!'

'Gewoon, o,o. Je snapt me best. Bloos maar niet zo.'

'Noehoer! Als je niet ophoudt, vertel ik aan je moeder wat je met Halil uitspookt.'

'Dan vertel ik aan jouw moeder wat jij met die kaas uitvreet.'

'Opvreten! Ik kan die kaas wel opvreten!' Sabah stikte opeens van het lachen.

Nur schudde lachend haar hoofd.

'Jeetje Sab, je hebt het echt van hem te pakken! Helemaal gestoord. Was liever met die Samir gebleven. Dat was tenminste nog een moslim.'

'Het kan mijn moeder niet schelen of hij een moslim is,' zei Sabah uitdagend. Dat was misschien niet helemaal waar. Maar ze wilde horen hoe het klonk. 'En het kan mijn moeder ook niks schelen of ik maagd blijf.' Dat was zéker niet waar. Maar het voelde lekker om het te zeggen. Het voelde als vrijheid.

'Ah joh, gek!' zei Nur.

'Nou ja,' gaf Sabah toe. 'Maar mijn moeder zit er niet mee dat ik met Vjee omga.'

'Kijk maar uit. Je vader is er ook nog. En die is niet zo makkelijk.' Ze trok zachtjes aan Sabahs haar. 'Als hij ziet dat je geen hoofddoek meer draagt, nou!'

Sabah knikte bedrukt. Dat was zo vervelend van zelf beslissingen nemen. Als je zelf iets besloot, omdat je het goed of belangrijk vond of alleen maar leuk, joeg je tien tegen één je ouders in het harnas. Maar als je klakkeloos deed wat je ouders wilden, leefde je maar half.

'Mijn moeder reageerde wel oké,' zei ze. 'Maar als mijn vader terugkomt...'

'Hopen dan maar dat hij in Turkije blijft, hè,' zei Nur. Sabah antwoordde niet. Nur bedoelde het niet gemeen; ze had de helft van de tijd gewoon niet door wat een rotdingen ze zei.

'Hoe is het met Halil en zijn baan?' vroeg ze. Meer hoefde ze niet te zeggen. Tot het bedtijd was, kletste Nur haar de oren van het hoofd over haar vriendje, de meest getalenteerde slagersleerling die Zuideroog ooit gekend had.

Maandag. Nog maar een paar weken geleden zou Sabah zich bij het wakker worden verheugd hebben op de debatingclub: dicht naast Samir zitten, zijn stem voelen vibreren in haar oor. Nu was ze van de debatingclub af en dacht ze alleen maar aan 's avonds, als ze Vjee weer zou zien. Elleboog aan elleboog in het gangetje achter de bar. Zijn geur in haar neus. Zijn provocerende opmerkingen. De onzekerheid, omdat ze nooit wist waarmee hij nou weer aan zou komen zetten. De zekerheid dat hij haar aantrekkelijk vond. De spanning, omdat ze elkaar het liefst de kleren van het lijf zouden scheuren. De opwinding, omdat ze elkaar niet eens aanraakten.

Het was een moeilijke avond, omdat er een stel vervelende jongens bij de bar rondhing. Ze hadden in de bibliotheek zitten internetten en waren eruit gegooid toen die dichtging, en nu zaten ze Vjee te stangen.

'Waar staat je solex?'

'Wat waait het hier, hè.'

'Leuke headsets hadden ze in de prehistorie.'

Gewoon om te stangen. Vjee werd er niet koud of warm van. Hij liet het gewoon langs zijn koude kleren afglijden. Maar opeens stak hij zijn hand op in een groet.

'Commissaris! Lang niet gezien! Biertje?'

Weg waren de jongens.

Sabah grinnikte. De hangbejaarde die binnen was gekomen, was van zijn leven geen commissaris geweest. Hij had gevaren, dat had hij de eerste avond dat Sabah hier was uitgebreid zitten vertellen.

De man hees zich op een barkruk en bestelde inderdaad een biertje. Maar toen begon het heetwaterkraantje aan het koffieapparaat opeens voor zichzelf. Het siste en spetterde, stoom steeg op. Sabah stond te dichtbij en kreeg hete spetters op haar hand. Net op dat moment kwamen de vrouwen van de EHBO-cursus om hun thee.

'Tap jij dat pilsje even, hamlapje,' zei Vjee, 'dan fiks ik dat apparaat wel.'

Sabah staarde hem aan, haar verbrande hand nog tegen haar mond. *Hamlapje?*

'Schiet op! Of moet ik je ontslaan?'

Sabah schudde haar hoofd. Net als je aan Vjee gewend was, zei hij weer zoiets. Hamlap, dat was varkensvlees. Hij dééd het erom! Ze vroeg zich af of hij Frederike soms ook hamlapje had genoemd.

Toen het gekwetter in het Turks zich weer had teruggetrokken in het leslokaal en de ex-zeeman met zijn biertje bij de krantentafel was gaan zitten, vroeg ze hem ernaar.

'Noemde je Frederike ook zo?'

'Hoe?'

Sabah wilde het niet hardop herhalen. *Hamlapje!*

Vjee grijnsde, maar daar trapte Sabah al niet meer in. Dat deed hij als hij zich onzeker voelde. Ze bleef hem strak aankijken.

Vjee wendde zijn blik af.

'Luister,' zei hij. 'Ga zaterdag met me mee naar Suyderooghe, daar is een optreden. Dan kun je me uitgebreid verhoren over al mijn vorige vriendinnetjes. Ik beloof je dat ik antwoord zal geven. Maar niet nu, alsjeblieft, niet als ik broodjenuchter ben.'

Sabah slikte. Mee uit. Naar Suyderooghe, waar ze niet veel goeds over had gehoord. Om daar zijn hele seksuele verleden te horen te krijgen. Als hij dronken was, of stoned. *Nee, dankjewel.*

'Nee, dank je.'

'Godverkút!' riep Vjee. Maar dat was omdat hij ook een straal heet water over zijn handen had gekregen. Hij hield zijn hand in de spoelbak voor de bierglazen. Toen keek hij Sabah aan.

'Dat kwam er behoorlijk truttig uit, ex-hoofddoektrutje.'

Zo ken ik je niet, mijn hamlapje.'

Sabah haalde haar schouders op. Als hij dacht dat ze zó makkelijk te lijmen was!

'Hé kom op, Sabah, laten we gewoon iets leuks gaan doen. Een avondje uit, big deal hé. Daar hoef je toch niet zo moeilijk over te doen!'

Op dat moment had Sabah er ontzettend veel spijt van dat ze haar hoofddoek had af gelaten. Het leven was een stuk simpeler toen ze nog gewoon een hoofddoektrutje was. Jongens lieten haar tenminste met rust.

'Ga maar met Frederike,' zei ze. 'Die voelt zich vast wel thuis in zo'n blowhol.'

Vjee schoot in de lach, een soort giechel was het.

'Yes! Je bent jaloers!' Achter hem stond het koffieapparaat nog steeds te sissen. Vjee keek er totaal niet meer naar om.

'Helemaal niet,' zei Sabah. 'Ik stelde een normale vraag. Maar als jij dingen voor me gaat lopen verzwijgen, nou, dan bekijk je het maar.'

'Ik verzwijg wel meer voor je,' zei Vjee. 'Een hele serie onbelangrijke dingen, oké? Ik vraag je alleen een avondje mee uit. Meer niet. Begin ik over neuken in de bunker? Nee. Wil ik als ongelovige christenhond met je trouwen? Nee. Sta ik op het punt je hier ter plekke te verkrachten? Nee. Ik wil gewoon een avondje met je kletsen ergens waar je moeder niet elk moment in mijn nek kan springen, dat is alles. Oké?'

'Een andere keer,' zei Sabah ontwijkend. Hij snapte dat niet, maar het was een hele stap voor haar.

'Een andere keer!' jubelde Vjee tegen de mensen aan de bar. 'Een andere keer gunt mijn schone mij de eer!' Ze moesten om hem lachen. Sabah niet.

'En niet 's avonds. En niet naar Suyderooghe. Gewoon naar... het Duinhotel.'

Het Duinhotel was een keurige gelegenheid waar vooral toeristen en oude echtparen kwamen. Behalve die ene keer dat ze Titus naar buiten had zien komen, had Sabah er nog nooit jongeren gezien. Ze verwachtte dat Vjee nu háár vriendelijk zou bedanken. Maar hij stak haar een hand toe.

'Deal.' Hij boog zich voorover en gaf haar een kusje op haar wang. 'Ben je dan weer mijn hamlapje?'

En voor ze er erg in had, knikte Sabah.

'Maak nou dat apparaat maar, schaapskop,' zei ze.

Toen Sabah verliefd was geweest op Samir, had ze haar gedachten niet goed bij haar schoolwerk kunnen houden. Nu was het anders. Ze besteedde veel aandacht aan haar gewone huiswerk, werkte in de kerstvakantie vooruit aan de schoolexamens en begon aan haar profielwerkstuk. (Over humor in verschillende culturen. Een idee van Vjee. Hij had een cartoonverzameling die ze binnenkort zou gaan bekijken. Bij hem thuis...) Het was hard aanpoten, want nu haar moeder het zo druk had, kwam een groter deel van het huishouden op Sabah neer en ze ging ook nog elke keer mee met haar moeder naar het ziekenhuis. Nur klaagde dat ze Sabah nooit meer zag. Wat trouwens overdreven was.

Dat Sabah zo hard leerde, had met Vjee te maken. Na de zomervakantie zou hij zijn opleiding weer oppakken. Dan zou hij dus naar Amsterdam vertrekken. Sabah was vastbesloten om hem daarheen te volgen. Bij tante Meral – een zus van haar vader – zou ze goed in de gaten worden gehouden. Maar ze zou toch meer vrijheid hebben dan in Zuideroog.

Vrijheid om met Vjee te doen wat ze wilden. Af en toe droomde Sabah weg. Openlijk hand in hand door de stad lopen... uit dansen gaan zonder dat er een boze vader tegen de portier kwam staan tieren... gewoon mee naar zijn kamer gaan om te zoenen waar niemand het zag... Vrijheid!

Maar na een paar minuten dromen riep ze zichzelf alweer tot de orde. Dat harde leren deed ze ook omdat Vjee ontzettend veel wist. Hij las kranten, boeken, keek naar Discovery Channel, las bladen over muziek en over informatica, zat uren te surfen en was lid van allerlei nieuwsgroepen op internet. Sabah werd er nerveus van, zoveel als hij wist. Vjee, die iets vaags studeerde dat cultuurkunde heette en journalist wilde worden, zou nooit een relatie willen met een blondje. Dus leren was de vorm die Sabahs liefde aannam.

Het viel op. Leraren keken nu vaker naar haar als de klas stil bleef na een moeilijke vraag. (Natuurlijk eerst naar Samir. Maar als Samir al eens een goed antwoord had gegeven, was Sabah aan de beurt.) Semra en Esin zuchtten dat ze een complex kregen van Sabah.

'Jij leert nooit en toch haal je idioot hoge cijfers!'

'Ik doe het stiekem,' zei Sabah. 'Ik zit er echt uren en uren aan hoor.' Maar dat was niet helemaal waar. Leren was op de een of andere manier makkelijker geworden sinds ze Vjee kende. Omdat ze nu nadacht over wat ze las, in plaats van het domweg in haar kop te stampen.

Haar beloning was dat Vjee haar hamlapje noemde. Hij bleef aandringen op een afspraak, zodat Sabah uiteindelijk maar toestemde.

'Eindelijk,' zei Vjee. 'Ik begon al te denken dat je een beetje een teasebeestje was.'

Sabah probeerde hem maar niet uit te leggen dat dat niet eerlijk was, dat het voor haar iets heel anders was dan voor de meisjes met wie hij gewend was uit te gaan. Hij geloofde niet in normen en waarden. 'Wormen en paarden,' noemde hij die.

Ze spraken een dag af.

'Kom je zaterdagmiddag dan eerst bij mij thuis, hamlapje?' vroeg Vjee. 'Dan laat ik je die cartoons zien en dan drinken we thee met mijn moeder. Anders mag ik niet met je omgaan.'

Hij draaide alles om. Sabah had inmiddels begrepen dat dat zijn vorm van humor was.

'En daarna tracteer ik je op frikadellen in het Duinhotel.'

'Ik eet geen frikadellen,' zei Sabah toen toch per ongeluk. Ze snapte het pas toen Vjee met een onschuldig gezicht zei: 'O nee? Waarom niet?'

Ze sloeg met een natte droogdoek naar hem.

'Ik haat jou!' zei ze.

'Zo mag ik het horen, hamlapje.'


'Hij klinkt behoorlijk weird,' zei Nur met een afkeurend mondje.

'Is hij ook,' zei Sabah trots.

# Enge dingen

Hij stond bij het hek te wachten toen Sabah vrijdagmiddag de school uit kwam. Haar vader. Onwillekeurig greep Sabah naar haar hoofd. Ja, nee, geen hoofddoek dus.

*En morgen mijn afspraak met Vjee.*

Ze had het niet openlijk tegen haar moeder durven zeggen, van haar plannen met Vjee. Nur zou haar dekken. Al was het onder protest.

'Die gast spoort niet. Straks verkracht hij je nog.'

'Je kent hem niet eens,' had Sabah gezegd. Dat had ze al eens gezegd – over Samir – en ze had opeens het gevoel gehad dat ze dat nog duizenden keren zou moeten zeggen in haar leven. Dat ze altijd de mensen van wie ze hield zou moeten verdedigen tegen andere mensen van wie ze hield...

Nur was er niet verder op ingegaan, vooral omdat Sabah haar een wederdienst kon bewijzen door háár te dekken. Nur zou met Halil op stap gaan, 'gewoon, ergens chillen' en Sabah kon dan op visite bij Vjee thuis. Ze kreeg de bibbers als ze aan zijn moeder dacht, maar ze had zich er evengoed op verheugd.

*Dat gaat dus niet door.*

Toch was ze blij haar vader te zien. Hij was dikker geworden. Dat werd hij altijd in Turkije, waar hij werd volgestopt door haar oma en allerlei tantes.

'*Baba!*' Ze omhelsde hem. Hij beantwoordde haar omhelzing verlegen, keek om zich heen.

'Mijn dochter. Ga mee naar de zaak. Mamet is er op het moment niet.'

'Wanneer ben je teruggekomen!'

'Vanochtend. Lastminutevlucht. Je draagt geen hoofd-doek.'

'Nee.'

Het glimlachje van haar vader sneed door haar ziel.

'Zo gauw al hè. Jij en je moeder zijn blij dat jullie van me
af zijn.'

'Zo is het niet!'

Ze liepen de Burgemeester Lievegoedsingel af in de rich-ting van het centrum. Het was een flink eindje lopen, maar om nou in de bus te gaan zitten als je elkaar zo lang niet gezien had... Dat voelde verkeerd.

'Mamet had me al gewaarschuwd. En van Ali Günes had ik ook al begrepen dat ik maar beter snel orde op zaken kon komen stellen. Van de zomer neem ik je mee naar Turkije. Om te blijven bedoel ik. Daar kan ik tenminste zorgen dat je niet helemáál ontspoort. Een degelijke man voor je zoeken.'

'*Baba*! Nee!'

Kasim Kaya keek haar verstoord aan.

'Néé?! Ik ben je vader.'

In Sabahs hoofd klonken de echo's van wat ze tegen die verslaggeefster had gezegd. Dingen over respect voor je ouders, en dat die het beste wisten wat goed voor je was. Had ze dat gemeend? Ja. Waarom voelde het dan nu zo ver-keerd? Ze kón zich er niet bij neerleggen!

'Ik wil doorleren,' zei Sabah. 'In Amsterdam en ik mag bij tante Meral in huis. Ik word tolk en dan kan ik mensen zoals *anne* helpen, die zichzelf niet kunnen redden. Maar *anne* leert nu Nederlands en ze geeft ook les.'

'Meral doet wat ík zeg,' zei haar vader grimmig. 'Wat je moeder allemaal achter mijn rug om regelt, heeft geen enkele waarde.'

Hij was harder gaan lopen en Sabah had moeite hem bij te houden. Ze keek naar zijn rug. Die zag er steviger uit nu hij dikker was geworden. Maar zijn schouders waren nog altijd iets gebogen. Hij leek een beetje een loser, zo van achteren.

Ze draafde een paar stappen om hem in te halen.

'Maar telt het dan helemaal niet wat ik wil?' vroeg ze. 'Ik ben je enige kind.'

Haar vader zweeg, en hij bleef zwijgen tot ze bij de winkel waren. Zwijgend zette hij thee, zwijgend blies hij in zijn glaasje toen ze tegenover elkaar in de krappe werkplaats zaten. In een hoek stond een opklapbed met alleen een deken, geen lakens. Sabah staarde ernaar. Het had zoiets treurigs dat haar vader op zijn leeftijd op zo'n rommelig bed moest slapen in een overvolle werkplaats, in een winkel die eigenlijk al niet eens meer van hem was.

Toen rinkelde de winkeldeur en kwam Mamet binnen. Sabah stond braaf op om hem te begroeten en stond braaf haar krukje aan hem af. Ze glimlachte braaf toen hij vroeg hoe het op school ging. Ze was het toonbeeld van een gehoorzaam kind, een toegewijde dochter, een net Turks meisje.

Maar dat was uiterlijk. Want vanbinnen was ze veranderd. En zodra Mamet naar voren liep om een klant te helpen, zei ze zachtjes tegen haar vader: 'Je neemt me toch niet echt mee naar Turkije, hè? Niet tegen mijn zin.'

Tot haar schrik schoten haar vaders ogen vol tranen.

'Nee,' zei hij. 'Nee, dat doe ik niet.' Hij slikte een paar keer. 'Maar je gaat wel weer een hoofddoek dragen en reken niet op Amsterdam.'

Sabah liep naar hem toe. Ze legde haar hand op zijn schouder. Omdat hij zat, keek ze een beetje op hem neer.

'*Baba*,' zei ze. 'Ik ben ook iemand. Met een eigen wil, met eigen toekomstplannen. Net als jij. Ik heb ook mijn dromen. Net als jij had.' Ze keek hem aan. Ze wilde zo graag dat hij haar zág. Sabah. Het meisje dat ze geworden was.

*Of ben ik altijd al zo geweest?*

'Dromen,' zei haar vader. 'Ha! Je komt er nog wel achter. Het enige waar een mens houvast aan heeft, is aan het geloof. Al het andere gaat voorbij.'

Het klonk ontzettend treurig. Maar Sabah wist dat ze nu door moest zetten. Ze herhaalde de vraag die Marlies van de rrb haar had gesteld: 'Denk je niet dat ik ook kan geloven zónder hoofddoek?'

Mamet riep vanuit de winkel dat het tijd was om te gaan. Haar vader zuchtte en stond op.

'Ik moet naar de notaris voor de overdracht.'

'*Baba?*' Sabah stond tussen hem en de doorgang naar de winkel. Ze deed of ze niet merkte dat hij erdoor wilde.

'Kom me morgenmiddag na sluitingstijd hier maar ophalen. Dan gaan we samen naar tante Meral voor het avondeten.'

Sabah begreep dat het haar vaders manier was om toe te geven. Ze ging opzij.

Meer viel er niet te halen. Morgen moest ze mee naar tante Meral, opdat haar vader zichzelf kon wijsmaken dat het zíjn beslissing was dat Sabah in Amsterdam zou gaan studeren.

*Maar hoe leg ik het uit aan Vjee?*

'Waarom?' vroeg Vjee.

Ze kon zijn gezicht niet zien aan de telefoon. Maar ze kon zich wel voorstellen hoe hij keek. Spottend. Met zo'n halve grijns.

'Omdat hij mijn vader is en omdat hij verwacht dat ik doe wat hij zegt.'

'Waarom?' vroeg Vjee weer.

Het was niet eerlijk. Hij kon het zelf best bedenken. Hoe kon ze hem nou aan zijn verstand brengen dat ze écht niet kon morgen?!

'Truttig alles doen wat je vader zegt, hè. Ook al heb je een afspraak met je vriend.'

Opeens werd Sabah heel kalm.

'Hoor eens, Vjee Vervelde,' zei ze. 'Ik weet best dat je overal vraagtekens bij zet. En dat je het ontzettend cool van jezelf vindt dat je geen vooroordelen hebt en zo. Maar ik ben een Turks meisje. Met Turkse ouders. En als mijn vader zegt: "We gaan naar tante Meral," dan gáán we naar tante Meral. Geen discussie mogelijk. En als je daar problemen mee hebt, sorry. Dan moet je maar niet met me omgaan.'

'Oké dan,' zei Vjee. 'Doei!'

Verbluft staarde Sabah naar het schermpje van haar mobiel. Hij had de verbinding verbroken. Zomaar! Ze had haar duim al op de herhaaltoets. Maar ze bedacht zich. Nee. Vjee mocht het uitzoeken. Ze had zich in bochten gewrongen voor haar vader en ze had zich in bochten gewrongen voor Samir; ze zou zich niet in weer andere bochten gaan wringen voor Vjee.

Toen zoemde de telefoon dat er een berichtje was.

*schrok je? gaan we toch gewoon zondag hamlapje. dan hoef ik toch niet naar de moskee.*

Van louter opluchting lachte Sabah hardop. De andere mensen bij de bushalte keken haar raar aan. Kon haar niks schelen. De afspraak met Vjee ging door! Ze was nog steeds zijn hamlapje!

Misschien nam zij de dingen veel te zwaar op. Ze moest een voorbeeld nemen aan Vjee. Simpele oplossingen zoeken. Niet overal een probleem van maken.

*Gewoon morgen een hoofddoek omdoen.*

Maar nee. Dat zou schijnheilig zijn. Ze ging met haar vader mee en ze zou hem niet méér tegen zich in het harnas jagen dan nodig, maar ze ging met blote oren.

Over truttig gesproken. Vjees moeder zag er ontzettend truttig uit. Ze droeg zo'n glijerig sjaaltje om haar hals, plus nog een parelkettinkje, boven een bloes met knoopjes die overtrokken waren met dezelfde stof. (Sabah merkte dat soort dingen op omdat haar vader soms zulke knoopjes moest maken.) Haar benen knisperden als ze ze over elkaar deed, van de vleeskleurige nylons, en ze had in haar eigen huis schoenen met een hakje aan alsof ze op bezoek was. Haar kapsel stond stijf van de lak en haar glimlach stond stijf van de nep.

Sabah zat op het randje van de bank en probeerde haar kopje niet al te erg op haar schoteltje te laten kletteren, zó trilden haar handen. Ze had hier vreselijk tegen opgezien. Maar de werkelijkheid was nog erger. Natuurlijk viel haar lepeltje op de vloer en toen Sabah het weer op haar schoteltje legde, zag ze dat er pluisjes en hondenharen aan kleefden.

Vjees vader was al jaren dood, zijn zus woonde met haar man in Australië. Dat had Vjee Sabah allemaal nog gauw even gemaild voordat ze kwam. Vjee en zijn moeder woonden nu alleen, in zo'n sjiek rijtjeshuis met allerlei uit- en inspringende hoeken en schuine ramen.

Maar het was er evengoed wel vies.

'Je moet het me maar niet kwalijk nemen dat ik even kennis met je wilde maken...' glimlachte mevrouw Vervelde. 'Dat is niet persoonlijk bedoeld. Maar omdat Vjee zei dat je Turks bent... je hoort zulke enge dingen. Laatst nog, die familie – hoe heetten die ook weer, Vjee? Ik heb het je verteld.'

'Geen idee,' zei Vjee. Hij stond bij het achterraam met de hond te spelen, een groot lichtbruin beest dat met zijn nagels nare geluiden maakte op het parket.

Vjee had helemaal nog niet Sabahs kant uit gekeken. Sabah had het gevoel dat hij een vreemde was.

'Ik weet toch niet wat je wilt gaan vertellen.' Het geduld droop van Vjees stem. Sabah vermoedde dat hij zijn moeder zo veel mogelijk gelijk gaf, om zo min mogelijk last van haar te hebben. Dat viel haar van hem tegen.

'Nou, over die drie Turkse jongens die op een Marokkaan geschoten hebben, met een pistool. Drie broers uit één familie. Ik had zó'n medelijden met die moeder! Niet dat ik zelf niet het nodige te verwerken heb, maar als al je zoons tegelijk in de gevangenis belanden... Vind je ook niet, Vjee?'

'Ja, dát is pas erg,' zei Vjee.

'Het was nota bene op het Rhijnvis Feith, de school waar Vjee op heeft gezeten.'

'Sabah zit ook op het Rhijnvis Feith,' zei Vjee. Tegen de hond, naar het scheen.

'Ooo! Arm kind! Wat een toestand zal het geweest zijn.' Dat laatste was tegen Sabah.

'Niet dat ik weet,' zei Sabah. Ze bloosde hevig.

*Ik wil naar huis!*

'Zo'n geval van eerwraak,' zei Vjees moeder. 'Ze hebben die jongen het ziekenhuis in geschoten. Zwaargewond, misschien is hij al dood. Hij had iets met het zusje van die Turken.' Ze pikte met een vingertop een kruimeltje van haar schoot en stak het in haar mond. Sabah zag dat er een hondenhaar mee naar binnen ging. Mevrouw Vervelde plukte hem van haar tong en legde hem op haar schoteltje.

'Kaya! Dat was de naam die Fadime noemde. Fadime is mijn werkster. Gekke naam, vind je niet? Kaya, bedoel ik. Niet Fadime.'

Sabah kreeg het nu echt benauwd.

Vjee draaide zich om. Zijn grijns reikte van de ene zijklep van zijn vliegenierspet tot aan de andere. Hij had dikke lol.

*Of hij schaamt zich dood.*

'Ja, dat heb ik ook al tegen Sabah gezegd, dat ik dat zo'n gekke naam vind. Kaya! Hoe kom je erop! Je bent toch niet toevallig familie van die moordenaars, hè hamlapje?'

Nu prikte het zweet op Sabahs kruin. Ze had wat gegeven voor een hoofddoek om zich in te verbergen.

'Familie?' Mevrouw Vervelde keek dommig van de een naar de ander.

'Sabah heet ook Kaya,' zei Vjee. Hij zat er totaal niet mee dat hij zijn moeder voor gek zette.

Mevrouw Vervelde verblikte of verbloosde niet.

'O! Dan ben ik misschien wel in de war. Of de werkster heeft zich vergist. Ook een Turkse, misschien ken je haar wel, ze woont in een van die flats in Wijk Noord. Maar je hebt dus niks gemerkt van die schietpartij?'

Sabah keek wanhopig naar Vjee. Maar die speelde weer met de hond alsof het gesprek hem niet meer aanging.

'Ik denk...' Sabah moest haar keel schrapen voordat ze verder kon gaan. 'Ik denk dat het verhaal nogal overdreven is, mevrouw. Ik heb niks gehoord over een schietpartij. U weet wel hoe dingen altijd erger lijken als ze worden doorverteld...'

*Dat zijn Samirs woorden.*

Sabah verlangde even heel hevig naar Samir. Ze had het gevoel dat ze het met zíjn moeder wél zou hebben kunnen vinden.

'Hoe dan ook, ik wilde graag zeker weten dat we zulke toestanden hier niet hoeven verwachten. Het stelt me wel gerust dat je geen hoofddoek draagt, moet ik zeggen. Jouw ouders zijn zeker niet zo religieus? Geen fanatieke moslims?'

Sabah wilde het liefst onder het lelijke kleed kruipen. Maar ze rechtte haar rug en zei: 'Mijn ouders zijn allebei gelovig. Ze hebben ook liever dat ik wél een hoofddoek draag. Maar eerwraak is dom. En ik heb trouwens ook geen broers. Ik ben enig kind.'

'Daar ben ik blij om, Sabah,' zei mevrouw Vervelde, die wel helemaal niet geluisterd leek te hebben. Ze zei trouwens Saa-baa, in plaats van Sah-bah.

Vjee slenterde dichterbij.

'Klaar?' vroeg hij aan zijn moeder. 'Mag ik de verdachte nu meenemen?'

Sabah schaamde zich namens hem. Maar zijn moeder scheen niets raars te zien in zijn opmerking. Ze lachte.

'Gaan jullie maar, kinderen,' zei ze. 'Jullie lachen natuurlijk om die moederlijke angsten van mij...' Ze keek Sabah aan. 'Maar je snapt wel dat ik extra zuinig op hem ben, zeker nu...'

'Genoeg ma,' zei Vjee. 'We gaan, Sabah.' Hij greep haar beet zodra ze opstond en sleurde haar zo ongeveer de kamer uit. Buiten haalde Sabah opgelucht adem. Van alle enge dingen die ze ooit had meegemaakt – tegenligger zonder licht op de weg door de Balkan, exhibitionist op de speelplaats van de basisschool, troep wilde honden tussen haar en het huis van haar opa en oma, met Samir op de Vissersplaat – was dit halve uur met Vjees moeder verreweg het engste geweest.

# Waar is je fiets?

Vjee ging een zijdeur in – naast de voordeur was een uitbouw die wel een garage zou zijn – en kwam terug met zijn fiets.

'Op naar het Duinhotel.'

Sabah knikte en deed of ze niet zag dat hij moeite moest doen om niet te lachen.

'We zijn vergeten naar je cartoonverzameling te kijken,' zei ze.

'Och ja, stom. Zullen we dat dan straks nog maar doen? Ik heb even geen zin meer in... Zelfs het Duinhotel is beter dan eh... de conversatie van mijn moeder.'

Sabah knikte weer. Ze keek naar zijn fiets. Een sportgeval met een bagagedrager van ijzerdraad.

'Waar is je fiets?' vroeg Vjee, die op straat stond rond te kijken.

'Heb ik niet. Ik ben lopend gekomen.'

'Komt ze nou mee! Hoe wou je dan naar het strand?'

'Met de bus.'

'Er komt er hier maar één in het uur en die is net weg. Was met de fiets gekomen, dumbo, dan waren we er in tien minuten.'

'Ik heb geen fiets, zeg ik toch.'

'Héb je geen fiets? Heb je geen fíéts?'

Sabah begon zich flink te ergeren. Maar ze vertikte het om te zeggen dat haar vader bang was dat ze van haar fiets getrokken zou worden door hitsige mannen. Of dat hij te krenterig was om er een voor haar te kopen.

Vjee las haar blik en bond in.

'O, nou, oké. Klim maar achterop dan.'

Twee straten verder brak het bagagedragertje van ijzerdraad af. Sabah kon nog net op tijd op de grond springen. Het bagagerekje bungelde nog aan één spijltje.

'Kan ik niet op de stang?'

Vjee schudde zijn hoofd.

'Sorry. Mijn conditie is niet meer wat die geweest is.' Hij hijgde inderdaad en hij zag nogal bleek. 'Laten we maar teruggaan naar mijn huis. Dan nemen we wat eten en drinken mee naar boven en dan laat ik je mijn verzameling zien.'

'Mij best.' Dan zou ze tenminste niet in het openbaar betrapt kunnen worden met een jongen. Nu haar vader weer in Zuideroog was, was dat maar beter ook.

Lopend gingen ze terug.

'Mag je ook al niet fietsen van de islam?' Vjee probeerde het ernstig te vragen, maar ze hoorde de spot best. Sabah was boos. Maar ze ging zich niet lopen verdedigen.

'Wij laten ons tenminste wel inenten.' Over steile christenen en vaccineren was de laatste discussie bij De Haan gegaan.

Vjee grinnikte.

'Ik zeg al niks meer.'

Vjees moeder zat televisie te kijken – Sabah herkende de tune van *Het recht op geluk*. Vjee riep dat ze naar zijn kamer gingen, maar ze kregen geen antwoord.

Ze liepen de trap op, die ook belegd was met parket. En nog een, want Vjees kamer was op zolder, een grote ruimte met betimmerde schuine wanden. Hij had een kantoorachtige werkhoek, met een tafel voor zijn computer en een tafel om te schrijven. Er lagen stapels papieren op. Langs alle rechte wanden waren boekenplanken gemaakt. Naast het bed stond een televisie op een hangplank. Nergens een kleedje of iets leuks. Alleen maar planken, planken, planken, stapels, stapels, stapels. Dus zo zag een jongenskamer eruit.

En een groot tweepersoonsbed onder het raam aan de achterkant. Het was dichtgeslagen, maar het zag er uitnodigend uit. Zeer uitnodigend. Er was trouwens geen andere plek om te zitten. Vjee had zelf de bureaustoel ingepikt.

Toen Sabah op het bed was gaan zitten, stond Vjee op en pakte een stel ordners uit een lange rij. Hij legde ze op het bed. Er zaten doorzichtige mapjes in met alle mogelijke cartoons.

'Gesorteerd op land en jaartal. Mijn vader is ermee begonnen, dus het gaat behoorlijk ver terug.'

Sabah begon te bladeren. Ze had een oude map te pakken en de plaatjes zeiden haar helemaal niks.

Vjee pakte de map uit haar handen en legde hem opzij.

'Ik breng ze wel een keer bij je thuis. Je mag ze lenen als je ze niet uit het plastic haalt. Sommige zijn zo oud dat ze uit elkaar vallen als je ze aanraakt.'

'Laat me nou even kijken,' zei Sabah zenuwachtig. Alleen met een jongen in een kamer waar een bed stond – hoe was ze hier nou weer in verzeild geraakt?! Of liever: hoe had ze kunnen vergeten dat het hierop uit zou draaien? Zie je wel, nou begon Vjee de mappen op de grond te leggen...

'Ik mag toch wel even kijken?'

'Later. Eerst zoenen.'

Hij deed het zonder op toestemming te wachten. Hij was er beter in dan Samir. Of misschien was Sabah zelf er beter in geworden.

Tijdens het zoenen gleden Vjees handen van haar schouders langs haar zij – hij sloeg haar borsten over, wat Sabah voorlopig wel zo rustig vond – maar toen had hij de rand van haar trui te pakken en trok hem in één beweging over haar hoofd. Hun lippen schoten met een floep los. Ze deed haar mond open om te te zeggen dat hij zijn fikken thuis moest houden. En toen deed ze hem weer dicht.

*Wat wil je zélf, Sabah Kaya?*

Ze wilde dat hij doorging. Haar lichaam wilde het. Ze had nu nog een strak hemdje aan en daaronder een beha, maar ze voelde dat haar tepels door de lagen stof heen prikten. Niet van de kou; het was warm hier onder het dak.

Vjee had ze al gevonden. Je kon merken dat hij veel meer ervaring had dan Samir. Wat Vjee deed, was tien keer zo opwindend. En de handigheid waarmee hij haar topje over haar hoofd werkte en de sluiting van haar beha openkreeg...

Even voelde ze iets van weerzin: hij was wel érg geoefend. *Frederike en al die anderen...* Maar als ze nu zou protesteren, dan zou Vjee haar echt een hoofddoektrutje vinden.

*Wat wil je zelf?*

*Hem de kleren van zijn lijf rukken. Hem opvreten, die kaas.*

Zonder dat ze iets besloten had, waren ze weer ondergedoken in een nieuwe zoen. Vjee rook naar yoghurt en venkel, en een beetje naar aarde. Zonder zijn lippen los te laten knoopte Sabah Vjees bloes open. Die was gauw genoeg uit. Daaronder zat een poloshirt met lange mouwen. Lastiger, vooral omdat Vjee met één hand zijn pet bleef vasthouden. Maar even later kon ze zijn blote borst bewonderen. Nou ja, bewonderen, hij was nogal mager en bleek. Gelukkig had hij geen borsthaar.

Vjee keek met een vreemd glimlachje op haar neer.

'Maar hamlapje toch! Mag jij dat wel?'

Sabah voelde zich uitgedaagd. Hij wachtte er kennelijk op dat ze preuts zou gaan doen. Nou, dan had hij pech! Nee, ze mocht het niet. En ja, ze deed het toch! Ze had er genoeg van een verlengstuk van haar vader en moeder te zijn.

Maar ze had toch even geaarzeld en Vjee knikte even alsof hij dat al gedacht had. Hij zag er zo weerloos uit zo zonder bovenkleren... geen jongen om bang voor te zijn. Ze lachte uitdagend naar hem en maakte zijn riem los. Zonder zich te bedenken ritste ze zijn broek open. Alsof ze in het zwembad van de hoge duikplank sprong. Niet aarzelen, dan werd je zenuwachtig.

Vjee stond even op om hem uit te trekken. Nu had Sabah haar rok en panty nog aan en hij alleen zijn onderbroek. Vjee zat achterovergeleund, benieuwd wat ze zou doen. Sabah stak haar wijsvinger achter het elastiek.

Ze schrok zich rot. Het ding dat tevoorschijn sprong, als een veer, was een stuk groter dan ze had verwacht. En ook veel roder dan de rest van zijn huid. Sabah voelde dat ze bloosde, maar ze ging gelukkig niet gillen of zo. Ze boog zich gauw over hem heen – zo verborg haar lange haar tenminste haar gloeiende wangen – en sperde haar mond open. Kneep haar ogen dicht. Als hij haar gezicht maar niet zag. Sloot haar lippen.

*Hoort het zo, Nur?*

Het voelde eigenlijk wel lekker. Als een hele grote fopspeen, maar dan opwindender. Sabah bewoog haar mond op en neer en maakte rondjes met haar tong. Bijna schoot ze in de lach toen ze terugdacht aan de komkommeroefeningen. Dit was lekkerder. Warmer, zachter.

Tegen haar schedel, diep in Vjees buik, bromde een lachje.

'Hamlapje toch!' Maar hij hijgde tegelijk. Hij vond het lekker.

Sabah liet haar tong kronkelen. Nu kreunde hij. Hij begon met zijn heupen te bewegen. Ze was een natuurtalent! Nur kon trots op haar zijn.

Opeens pakte hij haar hoofd met beide handen vast en trok het los. Weer een floep.

'Wacht even... Anders kom ik...'

Hij trok haar verder op het bed en zoende haar borsten.

Eén hand kroop onder haar rok en wurmde zich in
panty. Sabah had het gevoel dat ze in brand stond. Die vi
gers van hem wisten precies waar ze moesten zijn... alsof
het haar eigen vingers waren.

Maar die stomme vliegenierspet lag tegen haar kin te
duwen. Hij was zo goed als bloot – op zijn sokken en die
pet na. Ze duwde het ding aan de kant, eigenlijk niet eens
met de bedoeling hem af te doen.

'Afblijven,' zei Vjee. Meteen verdween zijn hoofd naar
beneden. Sabah keek waar hij gebleven was. Hij bleek op
zijn knieën voor het bed te zitten, zijn hoofd tussen haar
benen. Haar panty schoof hij naar haar enkels en toen van
haar voeten.

*Nee!* Sabah bloosde. Diep. Maar niemand zag het.

Even later voelde ze zijn tong op de plek waar tot vandaag alleen haar eigen vingers hadden mogen komen. Het
zachte, weke ding dat ze net in haar mond had gevoeld,
was nu hard en puntig. En het schoot alle kanten uit.

Sabah kwam bijna meteen klaar. Binnen de minuut.
Sneller dan wanneer ze het zelf deed.

'Zó he!' zei Vjee. Hij keek met een grijns naar haar op.
'Dat was een nieuw wereldrecord!' Een stuk van haar rok
was aan zijn pet blijven haken; het leek wel alsof hij een
sluier droeg.

Sabah schaamde zich dood. Ze wist niet waar ze kijken
moest. Maar Vjee duwde haar achteruit, kroop over haar
heen en ging op haar liggen. Hij zoende haar – nu kon ze
tenminste haar ogen dichtdoen. Zijn handen lagen om
haar gloeiende wangen en koelden ze af.

Ze proefde zichzelf. En ze geloofde dat hij dat opwindend vond. Er wrong zich tenminste iets tussen haar
benen in dat steeds groter en harder leek te worden. Ze
voelde eraan. Het was er zo nat en glibberig dat het niet
moeilijk moest zijn om hem naar binnen te duwen.

*il je dat echt?*

n antwoord. Ja, ze wilde het, ze wilde voe-
Ze wilde Vjee, ze wilde hem helemaal.

de niet, niet zo, niet nu, niet zo snel. Niet
ver na te denken.

ken kwam hem tegemoet. Haar lichaam
denken.

Vjee trok onverwacht zijn heupen iets terug. Hij grab-belde in de la van zijn nachtkastje. O ja, een condoom. Wat een stommeling was ze. Wat een groentje. Vjee niet. Vjee had de condooms gewoon in zijn nachtkastje liggen. Voor het geval dat.

Vjee scheurde het pakje niet open. Hij hield het even omhoog.

'Weet je dat nou wel zeker, hamlapje?'

*Nee!*

Sabah knikte.

'Maar je bent nog maagd neem ik aan?'

Sabah slikte.

'Mijn moeder was ook geen maagd meer toen ze trouw-de.'

Vjee grinnikte. Zijn erectie nam af.

'Eh... even een tip. Nooit over je moeder beginnen.'

'Sorry.' Ze probeerde hem te zoenen.

Hij trok zijn hoofd terug.

'Kun je... kun je niet doorgaan zoals daarnet? Dat vond ik eigenlijk lekkerder.'

*Lekkerder dan wat? We hébben toch nog niet geneukt?!*

Maar toen hij van haar af rolde, schoof ze gehoorzaam naar beneden. Op haar zij, opgekronkeld als een baby, lag ze met haar hoofd in zijn schoot.

'Ja, zo,' kreunde Vjee.

Het kostte Sabah – terwijl ze hard haar best deed om hem net zo opgewonden te krijgen als daarvoor – moeite om niet aan alle meisjes te denken met wie hij vóór haar in dit bed had gelegen. De condooms lagen hier voor het grijpen... Zijn moeder vond het blijkbaar heel gewoon dat hij meisjes mee naar zijn kamer nam.

*Nederlanders wippen maar raak.*

Allerlei plaatjes schoten door Sabahs hoofd (om de een of andere reden was ook het roodharige meisje erbij naar wie Samir zo verlekkerd had gekeken).

Trouwens, moest hij hierbij niet ook een condoom om? Ze probeerde zich te herinneren hoe het ook alweer zat met die soa's. Ze hadden het op school gehad maar ze had van schaamte niet goed opgelet en met haar hoofd diep gebogen poppetjes zitten tekenen.

Het duurde langer dan ze had verwacht, langer dan bij haar. Te lang. Ze begon zich af te vragen wat ze aan het doen was. Schichtig keek ze even op, maar hij had zijn ogen dicht, zijn gezicht was verwrongen. Dit had niets met háár te maken – het kon de mond van elk willekeurig ander meisje zijn. Frederike. Wie dan ook.

Ze werd een beetje misselijk en toen Vjee opeens zijn heupen extra hard naar voren duwde, moest ze bijna overgeven.

Ze liet los, richtte zich een beetje op en hapte naar adem. Toen viel haar oog op een plaatje dat half onder het nachtkastje lag. Het was een print van iets van internet. Een blote meid. Sabah keek recht bij haar naar binnen.

Ze ging abrupt overeind zitten en schoof naar het voeteneind van het bed, haar rug naar hem toe.

'Wat is er nou?'

Sabah gaf geen antwoord. Uitleggen kon ze het niet. Ze raapte haar onderbroek op en begon hem aan te trekken. Ze begreep opeens helemaal niet meer wat ze hier deed. Ze hoorde hier niet. En Vjees lichaam was het lichaam van een onbekende.

*Nog een geluk dat we niet geneukt hebben!*

'Kom op nou, hamlapje, ga nou door. Ik was er bijna.'

Sabah haalde diep adem om te zorgen dat haar stem niet trilde.

'Ik bedacht net dat jij misschien ook eerst moet komen kennismaken met mijn vader.'

'Waarom?' vroeg Vjee. Het was niet een van zijn gewone, plagende waaroms. Hij was echt verbaasd.

'Is dat niet duidelijk dan? Als jij en ik samen verder willen, zullen onze ouders dat toch goed moeten vinden.'

'Samen verder willen!' Vjee maakte een braakgeluid. 'Je klinkt als *Het recht op geluk.*' Maar meteen daarna hobbelde hij over het bed naar haar toe en sloeg zijn armen om haar heupen. Zijn gezicht lag tegen haar billen.

'Doe niet zo moeilijk Sabah,' zei hij, maar zijn stem klonk lief. 'We zien toch gewoon wel wat er gebeurt.'

'Nederlanders wippen maar raak,' zei Sabah per ongeluk hardop.

'Denk nou gewoon alleen aan nu,' zei hij vleierig. 'Het is nu toch lekker. En gezellig. Laat het nou niet verpesten door morgen of overmorgen.'

Sabah draaide zich om.

'Ik denk altíjd aan morgen en overmorgen! Niet aan morgen denken is stóm!'

Zijn pet was scheefgezakt op zijn hoofd. Er staken wat flossige plukjes haar onderuit, boven zijn oor. Dat kreeg je ervan als je je hoofd altijd bedekt hield. Dan werd je kaal.

'Maar overmorgen zijn we allemaal dood,' zei Vjee.

Sabah schudde haar hoofd. Als hij dacht dat hij zich er weer met een grap vanaf kon maken...

'Je wílt toch wel verkering met mij?' vroeg ze.

Vjee keek naar haar op, een van zijn grijnzen paraat.

'Wat ik nu wil is lekker met je vrijen. Kom weer liggen nou.'

'Ben je gék geworden?' vroeg Sabah verbijsterd. Ze deed een stap achteruit en stootte haar hoofd aan het schuine dak. 'Je denkt toch niet dat je zomaar even met me kunt neuken? En daarna aju paraplu?'

Vjee haalde zijn schouders op.

'Wat doe jij opeens hoofddoektrutjesachtig zeg. Ik dacht dat jij anders was.'

Sabah trok haar panty zo venijnig omhoog dat er een ladder in sprong. Gaf niet, haar rok was lang genoeg en beneden op de mat lagen haar laarzen. (Daar had Vjee haar nog om uitgelachen. Dat ze die uitdeed.)

Sabah liep naar de deur. Daar draaide ze zich om. Net als Samir kreeg hij nog één kans.

'Dus je wilt geen relatie? Je wou gewoon neuken?'

'De juiste term is eigenlijk pijpen,' zei Vjee. 'En wat jij zo lekker vond, dat heet nou beffen.'

Hoe had ze ooit kunnen vinden dat hij knap was als hij zo grijnsde? Ze walgde van hem. Moest je die bleke ingevallen borst van hem zien! Je kon zijn ribben tellen; hij had niet één spier.

'En voor de maandagavond kun je ook iemand anders zoeken!' zei Sabah. 'Ik heb wel wat beters te doen dan jou onder je kin te kietelen.' Ze haalde diep adem. 'Of onder je ballen.'

*Ben ik dit?*

Vjee stond op en begon zijn kleren bij elkaar te graaien. Hij had geen erectie meer. Slap en klein had dat dingetje niks aantrekkelijks.

Vjee zag haar kijken.

'Leer jij eerst maar eens fietsen, hoofddoektrutje,' zei hij.

*The End.*

Die trappen waren nog behoorlijk lang. En het hele huis stonk naar hond.

# Blauwe voeten

Ze waren net uit de bus gestapt bij het ziekenhuis toen Nurcan Kaya haar dochter bij de arm greep.

'Ik weet niet hoe ik het je zeggen moet, Sabah... Laten we even op dat bankje gaan zitten. We zijn toch veel te vroeg.'

'Wat is er nu weer?' vroeg Sabah. Ze was knorrig sinds het uit was met Vjee. Ze schaamde zich, omdat ze zich zo had laten gaan met hem. En tegelijk speet het haar dat ze zich niet méér had laten gaan. Ze was erg in de war geraakt. Bijna had ze álles op het spel gezet: de goedkeuring van haar vader, haar vriendschap met Nur, het respect van andere Turkse families, haar geloof. Was dat dan vrijheid?

Of zou ze simpelweg haar normen en waarden hebben ingewisseld voor Vjees wormen en paarden? En wat zou ze daarmee gewonnen hebben?

Ja, zíj had alles op het spel willen zetten. Maar Vjee had zich niet eens willen binden... Het leek wel alsof het leven al zijn kleur en smaak verloren had. Ze werkte nog steeds keihard voor school, maar verder had ze nergens zin in.

Haar moeder duwde haar op een van de bankjes voor het ziekenhuis. Ze zaten allebei te kijken naar een paar mussen die vochten om een popcorntje. In het winkeltje van het ziekenhuis verkochten ze die: puntzakken vol taaie, mierzoete popcorn. Sabah had weleens haar verveling verdreven met zo'n zak toen ze moest wachten tot haar moeder klaar was met een onderzoek.

'Je hebt wel gemerkt dat je vader en ik bezig zijn geweest met die advocate,' zei Sabahs moeder. 'We probeerden tot een regeling te komen, een eh... convenant, over de voogdij en het geld, zonder ruzie. Want twee advocaten is veel duurder en als zo'n zaak gaat slepen, wordt het gewoon onbetaalbaar.'

'Jaha...' zei Sabah. Dat had ze de afgelopen weken al zo vaak voorbij horen komen. Nu haar moeder haar vader niet meer had om tegen aan te zeiken, deponeerde ze alles wat in haar hoofd opkwam op Sabahs bordje.

'Alimentatie zou een probleem worden,' zei haar moeder. 'Mamet heeft wel een aanbetaling gedaan voor de winkel, maar dat geld zou je vader weer helemaal moeten investeren. En van de maandelijkse aflossingen...'

'Dat interesseert me toch allemaal niet, *anne*,' zei Sabah ongeduldig.

Haar moeder praatte door over maandlasten en belastingen. Geld! Alsof dát ertoe deed! Sabah piekerde over andere, echt belangrijke dingen. Waarom was ze zo afgeknapt op Vjee? Was het om de seks? Maar ze was zelf begonnen. Of omdat hij zo makkelijk deed over dingen die voor haar nieuw en gevaarlijk waren? Vrijen met Vjee was voor Sabah een grote stap, maar vrijen met wie dan ook was voor Vjee niks bijzonders.

'Luister je wel?'

'Ja *anne*.'

Toch miste ze hem. Erg. Vjee had haar gepest, maar alleen om haar uit te dagen zelf na te denken. Vjee had haar, met al zijn flauwekul, eigenlijk héél serieus genomen.

'Je moet echt even luisteren.' Nurcan Kaya zuchtte. 'Al dat geprat met die advocate was eigenlijk geld weggooien. We hebben een paar goede gesprekken gehad met Meral. En nou ja, Mamet heeft bij mij een goed woordje gedaan voor je vaders kant van de zaak en...'

Nu luisterde Sabah echt, met stijgende achterdocht.

*Néé hè!*

Haar moeder zag wat ze dacht. Nerveus ging ze verder: 'Hoe dan ook, met de hulp van die advocate hebben we uitgerekend dat er bijna geen geld zou zijn om jou naar school te sturen. Helemaal geen geld eigenlijk. We moeten Meral toch wat kostgeld betalen en met die boeken en alles wat je daar nodig hebt...'

'Ik red me wel, hoor,' zei Sabah geïrriteerd. Nou schoven ze het nog op haar af! 'Ik neem gewoon een baantje. En als jij eenmaal Nederlands hebt geleerd, krijg je zó werk.'

Weer zuchtte haar moeder.

'Dat is ook zo en daar doe ik ook hard mijn best voor. Maar wat ik probeer duidelijk te maken... Je vader en ik hebben besloten dat het allemaal de moeite niet waard is. We hebben het er niet voor over.'

'Wat bedoel je,' vroeg Sabah boos.

'Jouw toekomst gaat voor. En in de grond is er toch ook eigenlijk niets mis tussen ons. We houden van elkaar. We respecteren elkaar.'

'Wat!' riep Sabah. 'Dus die hele scheiding gaat niet door?'

Haar moeder schudde verlegen haar hoofd.

'Hij komt weer bij ons wonen?!'

Haar moeder knikte, bijna beschaamd.

'Alleen alle beslissingen nemen is lang niet zo leuk als het lijkt. Vrijheid, noemt Malika het. Nou, ik word er doodmoe van. Ik mis je vader.'

'O, fijn! Dus ik mag weer elke avond naar jullie ruzies luisteren, net zo lang tot hij je een dreun geeft en de televisie harder zet om jouw gehuil niet te horen?'

Nurcan Kaya boog haar hoofd.

'Dat kwam toch alleen door het geldgebrek. Maar als ik ga werken en Kasim zoekt een gewone baan, dan...'

'Dus je trapt er gewoon weer in!' riep Sabah uit. 'We

moeten allebei weer precies doen wat hij zegt! Poppetje gezien, hoofddoekje weer om.'

Nu keek haar moeder Sabah aan.

'Nee,' zei ze. 'Nee, jij niet, dat beloof ik je. Ik blijf gewoon werken – met hoofddoek en al, wat geeft dat? Zo is het voor je vader nou eenmaal makkelijker te behappen. Ik kies voor mezelf en jij mag ook kiezen.'

'Maar je blijft alleen bij hem voor het geld!' Als ze erover nadacht, vond Sabah dat voor haar vader nog het ergste.

'Dat soort dingen snap jij nog niet,' zei haar moeder. 'Liefde is niet iets dat los bestaat. Alles zit aan elkaar vastgeknoopt, net als in een tapijt. Trek één draadje los en alles begint te rafelen. Maar knoop één los draadje vast en het blijft een tapijt.' Ze schuifelde met haar ene voet over de grond. Geloofde ze het zelf?

'Maar ik dan?' vroeg Sabah. '*Baba* zoekt natuurlijk toch binnen de kortste keren een man voor me. Een brave moslim met een goede baan en losse handjes.'

Dat laatste zei ze in het Nederlands, maar haar moeder had het toch begrepen. Ze kreeg een kleur, maar ze bleef Sabah strak aankijken.

'Ik ben er ook nog.'

Sabah snoof.

'Als je maar weet dat ik me niet laat tegenhouden. Ik ga voor tolk leren en ik trouw met wie ik wil.'

*Vjee.* De gedachte deed bijna pijn. Als Vjee gewild had, zou ze voor hem gevochten hebben. Maar Vjee wilde niet. Toch zei Sabah: 'Moslim of geen moslim.' Het ging om het principe.

'Beloofd,' zei haar moeder. 'Weet je nog dat ik een tijdje geleden tegen je zei dat je op mij leek?'

'Ik kan me alleen herinneren dat je vond dat ik net zo dramde als *baba*.'

'Nou, het is allebei niet waar. Jij lijkt alleen maar op jezelf. Blij dat ik er niet nóg zo een gekregen heb.'

Sabah lachte.

Haar moeder aaide haar wang even en ging door: 'Vertrouw maar op mij. Als jij op den duur met Vjee wil trouwen, nou, dan zal ik zorgen dat je vader dat óók goedvindt. Vjee is een doodgoeie jongen. Dat heb ik Kasim al gezegd.'

Sabah barstte in lachen uit. Haar moeder keek haar verbaasd aan.

'Heb ik iets raars gezegd?'

'Ik heb hem aan de kant gezet,' zei Sabah. 'Hij... respecteerde me niet.'

Dat deed ook pijn. Omdat het niet waar was.

'O,' zei haar moeder verbaasd. 'Nou, dat moet je zelf weten. Maar ik mag hem. Hij houdt zich ontzettend goed. Hij is iemand die blijft geloven in de toekomst, ook als het tegenzit.'

'Trouw jij dan maar met hem,' zei Sabah. 'Zullen we naar binnen gaan? Over één minuut heb je je afspraak.'

Ze liepen door de lange middengang. Vlak voor ze af moesten slaan naar de afdeling urologie zag Sabah uit haar ooghoek een bekend soort beweging. Ze draaide haar hoofd.

Vjee. Hij was stil blijven staan om naar hen te kijken. In zijn handen had hij dezelfde afsprakenkaart als Sabahs moeder. Maar hij stond erbij alsof hij niet wist waar hij heen moest.

Nurcan zag hem ook. Ze stak haar hand op en liep naar hem toe.

'*Anne*, je hebt geen tijd meer!'

'Dag Vjee,' zei haar moeder zonder acht op Sabah te slaan. 'Derde keer trakteren, hoor. Hoe gaat het?'

Vjee schudde zijn hoofd.

'Niet geweldig,' zei hij. 'Het is teruggekomen.'

Sabah deed een paar stappen dichterbij. Wat was terug-gekomen? Wat deed Vjee eigenlijk in het ziekenhuis?

Hij keek haar aan met dat vreemde lachje dat ze al zo vaak had gezien.

'Ha Sabah. Hoe gaat het?'

Sabah haalde haar schouders op.

'Druk,' zei ze.

'Bofkont,' zei hij. Tegen haar moeder ging hij door: 'Ze proberen het nog één keer met chemo,' zei hij. 'Maar eigenlijk hebben ze het al opgegeven.'

*Overmorgen zijn we allemaal dood.*

Sabah staarde hem aan.

'Je... hebt toch geen... ziekte?' vroeg ze. Kanker, dacht ze.

'Kanker,' knikte Vjee. 'Het zit nu in een orgaan waarvan ik niet eens wist dat ik het had. Mijn pancreas. Mooi rijm-woord, dacht ik toen ze het me vertelden. Als het maar geen kanker was.'

Sabah moest haar keel schrapen voor ze weer iets kon zeggen.

'Had je.. heb je dat... al die tijd al?'

'Ik weet het al meer dan een half jaar. Zevenenhalve maand. Dat is nog best lang, weet je. Ik heb het langer uit-gehouden dan ze verwacht hadden.'

'Ga je... ga je dan dood?' stamelde Sabah. Het draaide voor haar ogen. Wat was ze gemeen tegen hem geweest!

Ze merkte amper dat haar moeder hen alleen liet, op weg ging naar haar afspraak.

'We gaan allemaal dood,' zei Vjee. 'Ik ben de meesten gewoon vóór. Maar ik ben in ieder geval blij dat ik niet als maagd hoef te sterven.'

'Maak geen grappen!' gilde Sabah. Her en der werden hoofden naar haar omgedraaid.

'Ik zag jou echt ontzettend zitten,' zei Vjee. Hij lachte,

maar Sabah snapte nu wat er achter dat lachen van hem zat. 'Ik snap best dat je van me baalde. Maar je moet toegeven dat ik je netjes behandeld heb. Je hebt zelfs je maagdenvlies nog. Tenminste... als een ander intussen niet...'

Sabah sloeg de pet van zijn hoofd. Daar had ze nou al zin in zo lang als ze hem kende.

'Vuile leugenaar!'

Die stomme grijns gleed van zijn gezicht. Eigenlijk voor het eerst keek hij echt ernstig. De pluisjes op zijn hoofd zagen er verschrikt uit. En tot haar ontsteltenis stonden er ook opeens tranen in zijn ogen.

'Dank je,' zei hij. 'Dankjewel, Sabah.'

'Waarom dat dan weer?' vroeg Sabah schor. Ze merkte dat er ook tranen over haar eigen wangen liepen.

'Gewoon,' zei Vjee. 'Je bent de enige die normaal tegen me doet. Volgens mij hou je echt van me.'

'Shit ja,' zei Sabah.

'Shit nog steeds?'

'Shit nog steeds.'

'Ik ook van jou.'

'Shit jij ook van mij?' vroeg Sabah.

'Shit ik ook van jou,' herhaalde Vjee. 'Maar goed dan dat ik nog maar een maandje of twee leef. Anders moest ik nog moslim worden.'

Sabah lachte. En ze huilde. En hij huilde en lachte ook. Hij aaide over haar haar.

'Mooi haar heb je toch,' zei hij.

'Jij ook wel,' zei Sabah. Toen kregen ze iets als de slappe lach.

'Zal ik je opzoeken?' vroeg ze nadat ze haar neus had opgehaald.

Vjee dacht na. Toen zei hij: 'Doe toch maar niet. Dankjewel, maar toch liever niet. Ik weet het nog van mijn vader.

Doodgaan is nogal een vieze boel, vooral als het zo langzaam gaat.'

'Maakt me niet uit,' zei Sabah.

'Maar mij wel,' zei Vjee.

Ze keken elkaar aan. Zijn grijns kwam alweer terug.
Sabah bukte en raapte zijn pet op. Hij pakte hem aan en
drukte hem over zijn oren. Hij liep weg in de richting van
de uitgang. Sabah had zin om hem achterna te rennen en
hem een kus te geven. Maar ze wist zeker dat hij dat niet
wilde. Ze keek hem gewoon na.

Hij was ongeveer twintig stappen verder toen hij omkeek.

'Hou altijd blauwe voeten, oké? Voor mij, oké?'

Sabah knikte. Ze bleef zijn kant uit kijken, maar ze zag
hem niet weglopen. Toen ze haar ogen droog had geveegd,
was de gang vol vreemde mensen.

# Lydia Rood over
## *Sabahs ware gezicht*

Al toen ik Samir – in *Sammy of Samir?* – liet denken dat Sabah 'gewoon een hoofddoektrutje' was, ben ik van plan geweest daar Sabahs verhaal tegenover te zetten. Hoezo, gewoon een hoofddoektrutje?! Wat is dat dan?

Samir is niet de enige met dat vooroordeel. Waarom zouden meisjes die een hoofddoek dragen eigenlijk brave tuttebollen zijn? Waarom zouden alle mensen in de puberteit in opstand komen tegen hun ouders, behalve jonge moslima's? Waren de hormonen soms op toen God de moslima schiep?

Of is het misschien zo dat álle meisjes ter wereld last hebben van dezelfde drang om de wereld te veranderen en hun eigen lichaam te verkennen – en weten sommige het alleen beter te verbergen dan andere?

In islamitische gezinnen wordt doorgaans niet over seks gepraat. Vaders en dochters, broers en zussen, en moeders en zonen zien elkaar niet naakt. Dat is anders dan veel Noord-Europese christenen gewend zijn. (Bij katholieken in het zuiden ligt het weer anders.) Nou en? Zouden moslimmeisjes daardoor nou echt minder zin hebben in vrijen? Natuurlijk niet!

Het verschil zit hem vooral in de openheid. Wat vroeger bij mij thuis gewoon was, zou bij Sabah thuis een schande zijn. De geslotenheid in Sabahs gezin zou ik schijnheilig hebben genoemd. Maar dat verschil doet er eigenlijk niet toe, want het is maar oppervlakkig. Waar het om gaat is dat Sabah net als alle andere pubers probeert te ontdekken wat zij nou eigenlijk zelf vindt. Wil ze nou wel of niet met Vjee naar bed? En wil ze het omdat ze er zelf zin in heeft, of omdat Vjee het van haar verwacht? Sabah komt er net zomin uit als ik vroeger.

Weet jij het al?

lydiarood@hotmail.com

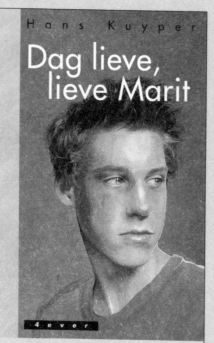

Hans Kuyper

# Dag lieve, lieve Marit

4 ever

Als Marit op de eerste dag na de kerstvakantie de klas binnenwandelt, kan Cas zijn ogen niet geloven. Zo iemand als zij heeft hij nog nooit ontmoet. Toch duurt het nog een paar maanden voor er iets moois opbloeit tussen hem en Marit. Tijdens een droomvakantie in de sneeuw weet hij het zeker: dit is voor altijd.

Maar eenmaal terug, slaat het noodlot toe en Cas komt voor de moeilijkste beslissing van zijn leven te staan. Wat betekent 'voor altijd' als er geen toekomst meer is?

Anneke Scholtens

# Laura's eiland

4 ever

Haar beste vriendin heeft verkering en haar ouders zijn net uit elkaar. Laura moet zich maar in haar eentje zien te redden. Als de vader van haar oppaskinderen haar in vertrouwen neemt, voelt ze zich gevleid. Maar als hij haar op een avond probeert te zoenen, vlucht ze de auto uit en voelt ze zich schuldig, vies en alleen. Laura trekt zich terug in zichzelf, 'op haar eiland', zoals ze dat noemt, veilig en onaanraakbaar. Dan groeit er een nieuwe zelfverzekerdheid in haar.

*Cas, Laura, Floor, Samir, Sabah en Nicole zitten in de bovenbouw van het Rhijnvis Feithcollege. Een stormachtig jaar, waarin ieder een eigen verhaal heeft.*

Daniël is een dromer, een stuk en al heel volwassen, vindt Floor, die al in de eerste week van het vierde jaar tot over haar oren verliefd wordt. Voor het eerst echt en wederzijds. Gek genoeg is het niet Daniël, maar haar toneelrol die ervoor zorgt dat Floor zichzelf beter leert kennen. Eigenlijk is hij helemaal niet zo'n held, ontdekt ze. Eigenlijk is Daniël een bange jongen met een grote bek. Maar kan ze hem al loslaten?

Onder de naam Sammy Soutendijk schrijft Samir stukjes in de schoolkrant. Alleen daarin kan hij zichzelf zijn, want hij voelt zich niet de Marokkaan die iedereen in hem ziet. Als de tekenleraar zijn geheim ontdekt, veranderen er dingen voor Samir. Nu merkt hij dat de leerlingen uit hogere klassen hem en zijn gedichten waarderen. En doordat hij droomt van Isis, het mooiste meisje van de school, merkt hij niet meteen dat een leuke klasgenote verliefd op hem is. Niet op Sammy, maar op hem: Samir!

Judith Eiselin

# Floors brieven

4 e v e r

Anneke Scholtens

# Last van liefde

4 e v e r

Hi Simon@zonnet.nl,
Kan het zijn dat jij mijn tas hebt?
Want ik heb de jouwe.
Floor (Ik lust echt geen geitenijs hoor)
Floor ziet niks in de eigenzinnige
Simon, met wie ze als kind ooit een
ijsje at. Alleen al de manier waarop
hij haar e-mails beantwoordt: met een
brief! Maar voordat ze het weet vlie-
gen de brieven en de mails heen en
weer. Simon groeit uit tot haar beste
vriend, met wie ze alles deelt – zoals
hij met haar. Maar kun je met een
jongen wel gewoon vrienden zijn, of
is dat vragen om moeilijkheden?

Laura krijgt verkering met Titus. Hij
is gek op haar, maar is zij ook verliefd op hem? Dan is er opeens Mink
uit de zesde, die haar brutaal aan-
grijnst. Hij noemt zichzelf kunst-
schilder en na zijn eindexamen gaat
hij naar India. Laura vindt hem
superarrogant. Toch wil ze al gauw
niets liever dan bij hem zijn en met
hem zoenen. Ze begrijpt niets van
zichzelf. Titus is veel liever dan
Mink. En toch, en toch...

*Cas, Laura, Floor, Samir, Sabah en Nicole zitten in de boven-
bouw van het Rhijnvis Feithcollege. Een stormachtig jaar,
waarin ieder een eigen verhaal heeft.*

**Lydia Rood**

# Sabahs ware gezicht

4ever

Trouwe vriendin... hoofddoektrutje... brave leerling... lekker ding... Zomaar wat meningen die Sabah over zichzelf opvangt. Ze herkent zich in geen van alle.
Als haar knappe klasgenoot Samir haar liefde niet beantwoordt, en haar vader haar mee terug wil nemen naar Turkije, komt Sabah in opstand. Ze heeft er genoeg van om altijd maar te doen wat anderen van haar verwachten. Voortaan toont ze haar ware gezicht!
Maar zou er bij de nieuwe Sabah ook een nieuwe liefde horen?

**Hans Kuyper**

# Knokken voor Cas

4ever

Nicole moet knarsetandend toezien hoe Cas, de enige jongen die haar echt boeit, als een blok voor Marit valt. Zij heeft hem veel meer te bieden! Ze zoekt afleiding op internet, bij jongens waar ze beter ver bij uit de buurt had kunnen blijven. Voor ze er erg in heeft, leidt Nicole meerdere levens tegelijk. Maar wie is zijzelf? En hoe moet het nou met Cas?